나를 찾는
하루 10분
글쓰기

나를 찾는
하루 10분
글쓰기

조이 캔워드 지음 | **최정희** 옮김

그린·페이퍼

CONTENTS

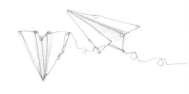

들어가며

당신에게 글쓰기는 이미 삶의 일부일 수도 있다. 또는 앞으로 좀 더 자주 해볼까 싶은 일일지도 모르겠다. 어느 쪽이든 글을 쓰는 것은 자신의 목소리를 내는 멋진 방법이다. 이야기를 혼자 간직하고 싶을 때나, 목소리를 키워 최대한 많은 사람에게 강력한 메시지를 전하고 싶을 때, 글쓰기는 당신에게 유용한 도구가 되어줄 것이다.

이 책은 당신 안에 숨겨진 작가의 재능을 발견하고 키울 수 있도록 도움을 주려 한다. 열 개의 장으로 구성되어 있는데 1장부터 시작하여 10단계의 과정을 차례로 밟아나가도 괜찮고, 당장 필요한 장부터 자신의 페이스에 맞춰서 읽은 뒤 다른 장을 시도해봐도 좋다.

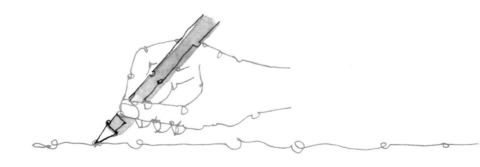

　이 책을 통해 자신의 내면을 깊숙이 들여다보고 그 안에 숨은 진짜 목소리를 찾아 그것을 글로 표현하는 법을 배워보자. 글쓰기 영역을 넓힐 수 있는 여러 가지 방식과 기술도 알아보고, 어떻게 하면 다양한 표현을 통해 특정 효과를 낼 수 있는지도 익혀보자.

　책 곳곳에는 글쓰기에 도움이 될 만한 여러 가지 제안이 들어 있으며, 글을 직접 써볼 수 있는 여백도 있다. 펜이나 연필을 지참하고 읽으면 도움이 될 것이다. 좀 더 긴 글을 쓰고 싶다면 별도의 연습장이 필요할지도 모른다. 글 쓰는 데 참고가 될 예문도 실었지만 꼭 예문의 문체를 따라 쓸 필요는 없다. 이 책을 통해 자신만의 글쓰기 스타일을 만들 수 있길, 그리고 무엇보다 이 글쓰기 모험을 즐기길 바란다.

Chapter 1

글쓰기 여정의 시작

펜은 마치 마술 지팡이 같다. 종이에 몇 자 *끄적거리다* 쉼표와 마침표를 찍으면 생각을 전할 수 있으니 말이다. 하지만 이 작업은 보기보다 어렵다. 작가가 되고자 한다면 감각을 매우 예민하게 유지해야 한다. 얼굴에 떨어지는 빗방울, 풀 냄새, 숨을 쉬는 단순한 행위에도 주의를 기울여야 한다. 자신이 이성적인 사고를 지향한다고 해서 주변 환경에 주의를 기울일 필요가 없는 것은 아니다. 오히려 작가로서 자신에게 어떤 능력이 있으며 무엇이 필요한지, 또 어떤 것을 선호하는지 명확하게 알려면 주변 환경을 뚜렷하게 인식해야 한다.

잠시 멈추어 바닥에 닿아 있는 발을 느껴보자. 앉아 있다면 의자에 몸을 기대고 있는 자신의 무게를 의식하자. 가만히 숨을 쉬며 들숨과 날숨에 집중해보자.

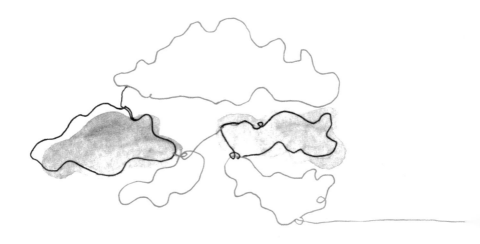

얼굴이나 머리에 손을 대어보자. 판단하거나 분석하려는 생각을 버리고 어떤 느낌이 드는지 집중해보자.

비슷한 방법으로 글을 쓸 때도 생각이 손을 거쳐서 눈에 보이고 실제로 존재하는 언어가 되는 과정이 얼마나 경이로운 일인지 진심을 다해 느껴보자. 작가가 된다는 것은 펜을 통해 마법을 부리는 마법사가 되는 것이다.

펜을 들자. 펜의 무게를 느껴보고, 그 안에 잠재된 힘을 생각해보자. 앞으로 이 펜을 통해 어떤 이야기와 시, 글을 쓸지 상상해보자. 이제 글쓰기 모험이 시작되었다.

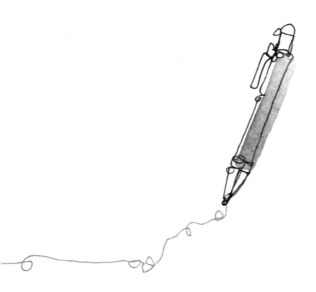

나만의 목소리의 근원

엄마의 사랑, 이모의 웃음소리, 귀가 안 들리는 할머니의 불안, 삼촌의 용기, 언니와의 자매애, 아버지의 이성, 선생님들의 친절함, 조카의 미소.

나만의 목소리를 만들어준 것

어린 시절의 추억, 친구들과 보낸 시간, 공포심, 구조와 안도감, 첫사랑, 첫 이별, 외로움, 평화로움, 분노, 아름다운 마당, 팔이 부러진 경험, 멀리 보이는 언덕에 걸쳐진 햇살과 그늘, 눈, 바다에서의 산책, 내 방.

진정한 내 목소리 찾기

우리는 펜과 종이로 마법을 부려서 내면의 목소리를 세상에 내보낼 수 있다. 그리고 글을 쓰며 다양하게 발상하고, 자신의 꿈과 이야기를 쏟아낼 수 있다.

작가는 상상력을 발휘해 무수한 목소리로 이야기할 수 있다. 글을 쓸 때 '어떤 목소리'로 이야기할지는 작가가 직접 선택한다. 자신의 이야기를 스스로 통제할 수 있는 것이다. 모든 작가에게는 내면에 숨은 자신만의 목소리가 있다. 이 목소리는 어디서 오는 걸까?

내면의 목소리는 늘 우리 안에 존재하지만 정작 말하고 글을 쓸 때 우리는 다른 사람의 방식을 따라 하곤 한다. 아기가 모방을 하며 말을 배우듯 자연스러운 현상이다. 작가라면 소설 속 인물의 성격을 구상한다거나 전기적 인물의 목소리 톤을 정할 때 다채로운 목소리를 낼 수 있어야 한다. 하지만 언젠가는 '나는 누구인가?'라는 질문에 부딪힐 수밖에 없다. 다른 사람을 만족시킬 목적으로만 말하고 글을 쓴다면, 진정한 내 모습을 잃어버릴 수도 있다.

가족, 친구, 살던 동네, 일과 취미, 건강, 재산. 이 모든 것에 영향을 받아 자신만의 생각과 언어가 만들어진다. 이 책을 통해 자신을 찬찬히 들여다보고 진정한 내면의 목소리를 찾는다면, 당신은 아주 소중한 선물을 받은 셈이다. 내면의 목소리를 글 속에 활용할지 말지는 당신에게 달렸지만, 내면의 목소리에 늘 귀 기울일 준비가 되어 있다면 글쓰기 모험을 좀 더 수월하게 시작할 수 있을 것이다.

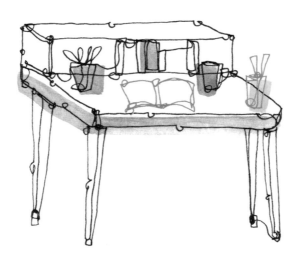

내면의 목소리에 집중해보자. 그 목소리는 어디서 시작되었을까? 또 어떻게 바뀌어왔을까? 목소리에 영향을 준 사람은 누구인가? 그 목소리는 어떤 지식을 바탕으로 이야기하는가? 목소리를 만들거나 변화시킨 사건이 있는가?

나만의 목소리의 근원

나만의 목소리를 만들어준 것

내면의 목소리를 탐색해보자

세상 사람들이 보는 내 모습은 유전적 요인과 후천적 경험을 통해 만들어진 것이다. 그런데 나 자신에게 나는 어떤 존재일까? 우리는 살아가며 본심을 숨기고 있을 때가 많다. 어쩌면 당신도 그런 유형일지 모른다. 말을 잘하기로 유명하지만 정작 진짜 목소리는 숨기고 있지 않은가? 그래서 마음이 텅 빈 것처럼 느껴지지는 않나? 사람들은 당신을 잘 알고 친하다고 생각하는데 정작 당신은 그들에게 좋은 인상을 심어주려고 무리하고 있는 건 아닐까? 혹은 진짜 모습을 숨기려 가면을 쓰고 있지는 않나?

이 훈련을 통해 의견이나 판단을 내려놓고, 감정을 묻는 질문에 대답해보는 시간을 가질 것이다. 두려워하거나 비판하는 마음 없이 솔직하게 대답해야 한다.

1 책 옆에 펜과 종이를 두고, 최대한 편안한 자세로 앉아보자. 가능하다면 발을 바닥에 가지런히 내려놓자. 발바닥이 바닥과 맞닿았을 때 어떤 느낌이 드는지 집중해보자.

2 숨 쉬는 것에 집중하자. 들숨과 날숨을 의식해보자. 코나 입으로 들이쉴 때는 공기가 더 차게 느껴지고, 내쉴 때는 더 따뜻하게 느껴진다.

3 잡념이 떠오른다면 그 생각을 받아들이되 다시 숨 쉬는 것에 집중하자.

솔직하고 명확하게, 기쁜 마음으로 글을 쓰려면 내면의 목소리에 귀를 기울여야 한다. 어쩌면 그 목소리는 마음속 아주 깊은 곳에 묻혀 있어서 이리저리 파헤쳐야 할지도 모른다. (그렇다면 부드럽게 파헤치자!) 이제 마음속 탐색 훈련을 시작해보자. 매우 보람 있는 시간이 될 것이다.

다음 페이지에 나오는 글쓰기 훈련은 당신의 기분, 감정, 기억에 관한 것이다. 여기에 쓰는 글은 다른 사람과 공유하지 말자. 나 자신만 볼 수 있는 글이어야 진정한 목소리를 낼 수 있기 때문이다. 다른 사람과 공유할 목적으로 글을 쓰면 그 과정에서 자신도 모르게 그들의 의견을 고려하게 된다. 내면의 목소리를 탐색하는 건 어디까지나 나 자신만을 위한 작업임을 기억하자.

생각을 비우고 마음을 차분하게 하면
도움이 될 것이다. 잠시 시간을 내어
내면의 목소리와 부드럽게 교감해보자.

4 몇 분이 지나면 책에 손을 올려놓자. 어떤 느낌이 드는지 집중해보자. 판단하거나 분석하는 마음은 내려놓자.

5 펜을 들고 가만히 무게를 느껴보자.

6 이제 다음 페이지의 질문에 대답해보자. 각각의 질문을 읽고 나서는 차분하게 숨을 들이쉬었다 내쉬자. 더 명확하게 대답할 수 있을 것이다.

나에게 가장 큰 기쁨을 주는 일은?

내가 가장 좋아하는 장소는?

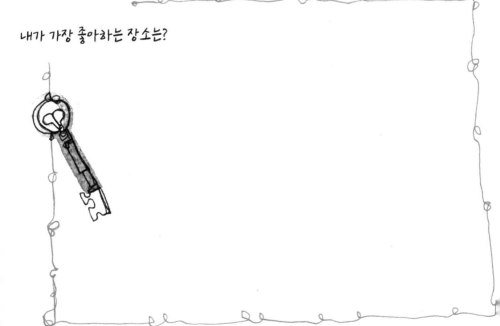

나에게 가장 소중한 기억은?

학창 시절 가장 좋아하던 과목은?

온전히 혼자 있을 수 있다면,
이곳에 가고 싶다.

하루 중에 내가 가장 좋아하는 시간은?

나 말고 아무도 듣지 못한다면
이 음악을 듣고 싶다.

내가 가장 좋아하고 존경하는 사람은?

대화하기

글을 쓰면서 도움이 필요할 때 동료 작가들에게 손을
내밀 수 있다면 얼마나 좋을까? 하지만 내가 필요할
때마다 누군가와 대화하기는 어렵다. 아무리 큰 난관
에 부딪혔어도 작업 중인 글을 누군가와 공유하고 싶
지 않을 수도 있다. 그럴 때에는 내면의 목소리에 귀
를 기울여보자.

이전 페이지에서 대답한 질문 가운데 하나를
골라보자. 이제 그 주제에 대해 내면의 목소리와
글로 생각을 주고받는다고 상상해보자.
내면의 목소리는 내가 무엇을 진정으로
좋아하는지 가장 잘 알고 있으니 가벼운
마음으로 훈련을 즐기면 된다.

나와 관심사가 같고 비슷한 열정을 지닌 친구와
이야기하듯이 글을 써보자. 친구에게 질문을
던지고 대답을 들어보자. 그 대답에
동의하는가? 내가 잊었던 사실을 내면의
목소리가 기억한다거나, 어떤 경험을 다르게
기억하고 있지는 않은가? 여기에 모든 것을
적어보자. 글쓰기를 통해 내면의 목소리를
자유롭게 풀어놓는 것이다.

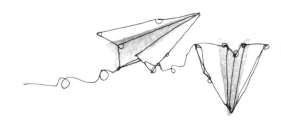

내면의 목소리와 대화하기

이제는 내면의 목소리에 글 전체를 맡길 시간이다. 다른 질문 하나를 골라 질문과 관련된 주제, 기억, 장소 등에 대한 자신의 생각을 써보자. 내면의 목소리가 말하는 그대로 쓰려고 노력해보자. 기쁨, 슬픔, 폭로, 추억 등 어떤 것이든 거침없이 표현해보고, 추가로 떠오른 생각이 있다면 그것도 자유롭게 적어보자.

내 내면의 목소리는 이렇게 말한다.

Chapter 2

작가가 되어보자

당신은 어떤 작가가 되고 싶은가? 작가가 되는 데 어떤 것이 도움이 되고, 어떤 것이 방해가 되는지 알고 있는가? 어쩌면 당신은 이미 글쓰기 경험이 많은 작가로서, 창의성을 키울 방법을 찾고 있을 수도 있다. 또는 초보 작가로서, 자기 생각을 글로 표현하기 위한 수단과 방법을 찾고 있을 수도 있다. 어떤 경우든 이를 새롭게 글쓰기에 전념할 기회로 받아들인다면 큰 도움이 될 것이다. 당신은 자신의 생각과 견해가 글로 전달될 때 힘을 가진다는 것을 의식하고, 자신이 쓴 글로 세상을 변화시킬 수 있다고 믿어야 한다.

이번 장은 당신 안의 창작자에게 보내는 조언으로 가득하다. 창의성을 키우거나 방해하는 요소에는 무엇이 있는지 알아보고, 감각을 통해 받아들인 생생한 정보로 글을 풍요롭게 하는 방법을 알아보자. 독자의 상상력을 자극하는 글을 쓰면 독자는 작가와 직접 대면하여 이야기를 듣는 것처럼 자신의 감각을 통해 글을 체험할 수 있다.

　살다 보면 각종 일과 책임, 오락 등에 매여 글을 쓸 여유가 별로 없다. 이것은 좋은 글을 쓸 능력과 상상력, 영감은 충분하나 시간이 도통 없다고 말하는 사람들이 부딪치는 고질적 문제다. 자신이 글을 쓰기에는 너무 게으르다거나 따분한 사람이라고 부정적 자아가 속삭일 수도 있다. 아니면 그저 자신감이 부족한 것일 수도 있다. 편안한 마음으로 글을 쓰려면 이런 불안감을 직시하고 끌어안아야 한다.

　자유로운 마음으로 전념하여 글을 쓸 때, 당신은 사람들에게 영감을 주는 작가 중 한 사람이 되었다는 기쁨을 느낄 수 있다. 그리고 스스로 부정적 감정을 극복해본 경험이 있기 때문에, 좋아하는 작가들에게 새로운 연대감을 느끼며 작품을 탐색할 수 있다. 그 과정에서 나도 이제 그들과 같은 길을 걷게 되었음을 깨닫는 것이다.

* 내가 쓴 편지가 신문에
  실렸다. 사람들이 그 편지를
  보고 미소 지었다고 한다.
* 친구의 배우자가 세상을
  떠났을 때 마음을 다해
  친구에게 편지를 썼다.
  친구는 어려운 시기를
  견디는 데 그 편지가 큰
  도움이 되었다고 했다.
* 시 공모전에 제출한 시가
  수상을 했다. 난 뛸 듯이
  기뻤다!

글쓰기에 전념하자

우선 자신이 글 쓰는 사람이라는 사실을 받아들여야 한다. 그러기 위해 자신을 돌아보는 시간을 가지고, 내면의 소리를 마음껏 표현하는 연습을 해봐야 한다. 그동안 글을 거의 써보지 않았거나, 글쓰기가 시간 낭비일 뿐이라고 생각해왔다면 글쓰기에 전념하는 시간을 갖는 것만으로 삶 자체가 바뀌는 느낌을 받을 것이다. 내면의 창의성을 발휘하는 것은 매우 중요한 경험이다. 절대 시간 낭비가 아니다.

자신이 작가라고 생각한다면, 글을 쓰는 건 당연한 일이 된다. 글쓰기를 꼭 직업으로 삼을 필요는 없다. 정원을 가꾸는 사람이 그 일로 돈을 벌지 않더라도 정원사로 불리듯이 글쓰기도 마찬가지다. 좋은 글에는 장차 나무로 자라날 씨앗과 같은 잠재력이 있다. 작가로서 쓰는 언어가 자신과 다른 사람들을 얼마나 변화시킬 수 있는지 늘 상기한다면 자신감을 갖는 데 큰 도움이 될 것이다.

변화를 일으킨 내 말과 글을 기록해보자. 바로 생각나는 것이 없다면(있더라도) 아래 과제를 해보자. 며칠 동안 간단한 글을 써보자. 친구에게 편지를 쓰거나, 정치인에게 중요한 사안에 대해 메일을 써도 좋다. 집이나 마당에 있는 물건에 대해, 그것이 나에게 어떤 의미인지 시나 산문으로 작성해보자. 그리고 어떤 글을 썼는지 기록해보자. 글쓰기 훈련의 증거로 남을 것이다.

변화를 일으킨 나만의 글

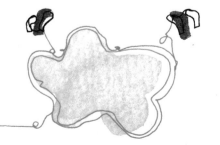

'설명하기' 대 '보여주기'

아래 예문 가운데 첫 번째 문장은 '설명'만 하고 있다. 두 번째 문장은 풍경을 만끽하게 한다. '싱그러운'이라는 단어가 촉각과 후각을 자극한다는 점에 주목하자.

1. 레이첼은 창밖을 내다보며 아름다운 여름 아침이 찾아왔음을 깨달았다.
2. 꽃이 활짝 핀 마당 위로 해가 떠오르자, 레이첼은 창문을 열며 싱그러운 여름 아침을 맞이했다.

세상을 감각으로 느끼기

좋은 글을 쓰기 위해서는 다양한 기법을 연습해보는 것이 중요하다. 하지만 규칙과 관습에 얽매여서는 안 된다. 두려움 없이 이것저것 배워보고, 내 안의 고유한 목소리에 귀를 기울여보자.

창의적 글쓰기의 규칙 중 '설명하지 않고 보여주기'는 독자에게 어떠한 장면을 설명하는 대신, 독자가 그 장면을 직접 체험할 수 있도록 표현하는 기법이다. 이 기법을 구사하려면 시각, 청각, 촉각, 미각, 후각을 늘 열어두어야 한다. 상상만으로 이루어진 공상과학 소설 속 세계에서도 등장인물이 감각을 통해서 세상을 이해하지 않던가. 물론 실존하는 인물이나 소설 속 인물 중에 한 가지 이상의 감각을 잃은 사람들도 있다. 이 사람들은 각종 경험을 할 때 다른 감각에 훨씬 크게 의지한다.

글을 쓸 때 모든 감각을 빠짐없이 언급할 필요는 없다. 하나도 언급하지 않아도 괜찮다. 다만 글쓰기를 준비할 때 다양한 감각이 있다는 것을 고려할 필요는 있다.

다양한 감각으로 느껴보기

잠시 멈추어서 조용히 숨을 쉬어보자.

1 잠시 눈을 감았다가 다시 떠보자. 무엇이 보이나? 눈앞에는 무엇이 놓여 있고, 주변에는 어떤 것이 있는가?

2 청각에 집중해보자. 조용한 방에서도 들리는 소리가 있을 것이다. 멀리서 들리는 차 소리, 시계 소리, 또는 자신의 심장 박동 소리가 들리는가?

3 지금 무엇을 만지고 있나? 직접 만지고 있지 않아도 느낄 수 있는 것을 떠올려보자. 기온이나 바람, 지금 앉아 있는 의자의 촉감 등 몸에 어떤 감각이 느껴지는가?

4 지금 어떤 맛이 느껴지나? 커피, 마지막으로 먹은 음식, 또는 치약 맛이 느껴지는가?

5 이번에는 후각에 집중해 보자. 후각은 자주 간과되는 감각이다. 늘 주변에 머물러 있는 익숙한 향이나 냄새를 지금 맡을 수 있는가? 그렇지 않다면 코와 입을 손으로 감싸고 어떤 냄새가 나는지 묘사해보자.

아래 여백에 각각의 감각과 관련해 어떤 생각이 드는지, 또는 감각과 관련된 추억이 있는지 적어보자.

내가 좋아하는 풍경

내가 좋아하는 소리

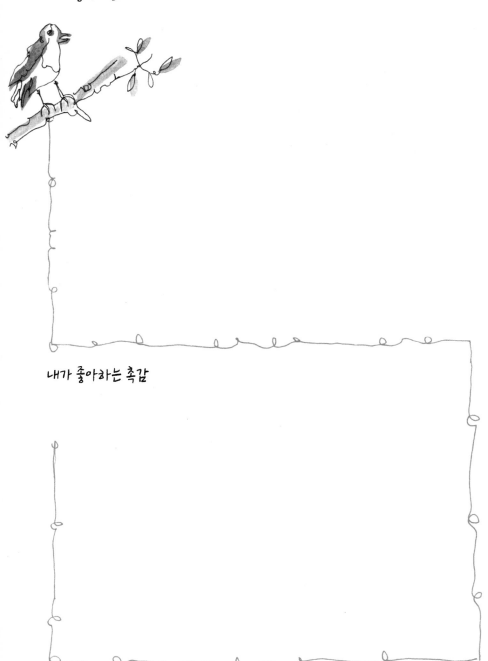

내가 좋아하는 촉감

내가 좋아하는 맛

내가 좋아하는 향기

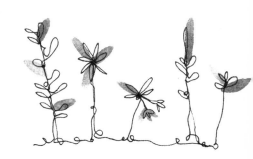

감각으로 장소 떠올리기

감각은 어떤 장소를 기억하거나 풍경을 설명하는 데 중요한 역할을 한다. 특히 후각은 글을 쓸 때는 크게 드러나지 않지만, 생활 속에서 특정한 냄새를 통해 아득한 기억 속 장소를 떠오르게 한다. 라벤더향, 갓 깎은 잔디, 깨끗하게 빨래한 이불 냄새를 맡으면 어떤 기억이 떠오르는가?

특정 기억, 예를 들어 어린 시절 소풍 갔던 추억을 회상해보면 그날 있던 사람들, 그날 타고 간 차나 그날 했던 게임 등이 떠오를 것이다. 하지만 그때의 기억을 정말 생생하게 떠올리고 싶다면, 조용히 상상의 나래를 펼쳐서 그때 그 장소에 있던 내 몸속으로 들어가보자. 발아래 잔디를 느껴보고, 샌드위치를 맛보고, 엄마 목소리를 들어보자.

특정 장소를 떠올려보자. 최근에 갔던 곳이나 오래 전에 방문한 장소, 예전에 살던 집이나 먼 나라 등 어떤 곳이라도 괜찮다. 그 장소가 꼭 바깥일 필요는 없지만, 대부분 바깥에 있는 장소를 떠올릴 때 더 많은 것을 생각해낸다. 그 장소에 돌아갔다고 상상해보자. 몸과 마음을 기억 속으로 이동시켜보자. 이제 그때 무엇을 보고, 듣고, 만지고, 봤는지, 또 어떤 냄새가 났는지 목록을 만들어보자. 다음 페이지에 더 긴 글을 쓸 때 이 목록이 도움이 될 것이다.

그 장소의 이름

그곳에서 보고, 듣고, 만지고, 맛보고, 냄새 맡은 것

앞 페이지에서 떠올린 장소에 대한 글을 써보자. 앞 페이지에
쓴 목록을 활용해도 되지만 목록에 적은 모든 것을 꼭 글에
담을 필요는 없다. 감각은 어떤 장소를 생생하게 떠올리도록
도와주는 역할을 할 뿐이지 감각 자체를 기록하는 것이
목적은 아니니 말이다. 자신에게 충분한 상상력과 창의성이
있다고 믿고 자신의 재능을 마음껏 발휘해보자.

내 안의 부정적 생각들

* 나는 어릴 때부터 행동이 굼뜨고 뜬구름 잡는다는 말을 많이 들었다.
* 나는 요즘 가족과 일, 활동, 책임 등에 매여 글을 쓰기엔 너무 바쁘다.
* 나는 아빠의 기대치에 평생 못 미칠 것 같다.
* 난 너무 어리거나 너무 나이가 들었다.

긍정적인 생각으로 전환하기

* 창의성을 키우려면 항상 꿈꾸는 자가 되어야 한다.
* 글쓰기는 나에게 중요한 일이니 어떻게든 시간을 내서 글을 쓸 것이다.
* 글을 쓸 때는 나 아닌 다른 사람에게 잘 보이려고 애쓸 필요가 없다.
* 글쓰기에 녹여낼 수 있는 경험과 아이디어를 갖춘 지금 내 나이가 딱 좋다.

글을 쓸 수 없는 상황에서도 쓰기

'내 안에 책 한 권이 통째로 들어 있다'는 생각을 해본 적이 있을 것이다. 내 안의 창조적 욕구를 마음껏 분출하고 싶어 가슴이 터질 것만 같은 때가 있지 않은가. 반대로, 글을 쓰려고 해도 도무지 써지지 않아 긍정적인 기운이 바닥나버릴 때도 있다.

사실 많은 사람들이 창의성을 일깨우는 긍정적인 생각을 하기보다는 자신이 과연 글을 잘 쓸 수 있을지 의심하고, 좌절하곤 한다. 이렇게 스스로를 하찮게 생각하는 마음은 부모의 양육 태도, 교육 방식, 각종 경험, 사회적 위치 등 다양한 이유로 생겨난다. 어떤 이유로 생겨났든 이런 부정적인 생각은 창의성이라는 매끈한 실을 단단하게 묶어놓는 매듭 같은 역할을 한다.

잠깐 시간을 내어 자신의 글쓰기를 방해하는 어떤 사건이나 부정적 성향 등이 생긴 이유를 떠올려보자. 누구나 타고난 창의성으로 상상력을 동원하여 부정적 생각을 긍정적 생각으로 전환할 수 있다. 생각 전환하기 연습은 창의적 글쓰기의 다음 단계를 준비하는 데 큰 도움이 될 것이다.

창의적인 글을 쓰는 데 방해가
되는 부정적 생각을 모두 적어보자.
조심스럽게, 솔직한 마음으로
써보자. 지금은 큰 문제 같겠지만
길게 보면 창의적인 글쓰기
과정에서 일시적으로 나타난
매듭에 불과하다.

내가 가진 부정적 생각들

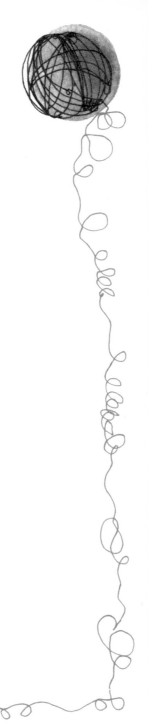

매듭 풀기

어떤 부정적 생각이 들더라도, 당신은 글쓰기를 계속할 수 있다.
문제를 있는 그대로 받아들인다면, 그 문제는 더 이상 당신에게
아무 영향도 끼치지 못할 것이다. 앞 페이지에 기록한 부정적
생각의 목록 옆에 각각 '그럼에도 나는 글을 쓴다.'라고 적어보자.
그리고 다음 훈련을 해보자.

1 깊은 숨을 쉬고, 몸을 이완한
뒤 '부정적 매듭' 한 가지에
의식을 집중해보자. 그 원인을
인지하고 있어도 상관없지만
왜 그런 부정적인 감정을 갖게
된 것인지 구체적으로 이유를
파헤치며 시간을 낭비하지는
말자.

2 부정적 생각이 문제가
된다는 것을 인정하자.
그 생각을 아예 없앨 수는
없지만, 나에게 중요한 다른
모든 것과 분리시키자.
부정적 생각 주변으로 공간을
만든 뒤 그 공간을 가로막고
서 있는 자신의 모습을
상상해보자.

3 반대쪽 여백에 부정적
생각을 긍정적 생각으로
전환하는 문구를 적어보자.
문구가 떠오르지 않는다면,
상상 속 인물이 문제를 겪고
있다고 상상해보자. 그리고 그
사람을 사랑하고, 그의 글쓰기를
응원하는 사람이 조언을 한다고
생각하고 글을 써보자. 당신에게
강력한 영향을 줄 것이다.

4 다른 부정적 생각에 대해서도
똑같이 진행해보자.

부정적 생각을
긍정적으로 전환하기

내게 영감을 주는 사람들

* 글을 사랑하던 모드 할머니
* 내게 글을 쓰라고 용기를 북돋아준 르위스 선생님
* 캐럴 실즈. 너무나 아름다운 문체로 흡입력 있는 이야기를 하는 작가다.
* 테리 프래쳇. 재미있는 글 속에 인간의 삶에 대한 대단한 통찰력을 녹여낸다.
* 루이자 메이 올컷. 《작은 아씨들》을 읽고 내 인생이 달라졌다. 그 책을 읽자마자 나는 조처럼 글을 쓰기로 결심했다.

나에게 영감을 주는 사람들

글쓰기에 동기부여가 되거나 영감을 주는 누군가가 있는가? 가족이나 선생님의 격려로 글쓰기를 시작했을 수도 있고, 문학 행사에 참여한 뒤 글을 써봐야겠다는 생각이 들었을 수도 있다.

독자와 작가는 서로 필요로 하기 때문에 글쓰기는 두 사람이 함께하는 일종의 모험이라 할 수 있다. 좋아하는 작가의 문체를 따라 써보고 싶다는 생각은 누구나 했을 것이다. 흡입력 있는 이야기, 아름다운 문체, 마음에 박히는 말들. 내가 좋아하는 작가들은 작가로서의 삶에 등불을 밝히는 존재가 되어준다.

잠시 시간을 내어 내 안의 작가 본능을 일깨워준 사람을 떠올려보자. 그의 이름을 적는 과정에서 연대감이 생기고, 그 사람과 연관된 새로운 영감이 떠오를 수도 있다.

내 글쓰기 생활에 영감을 주고 동기를 부여해준 사람들을 생각해보자. 펜을 쥐고 그 가운데 한 명을 떠올리자. 숨을 크게 들이쉬며, 그의 글을 읽으며 얻은 기쁨을 마음속에 채운다고 상상해보자. 그에게 감사한 마음으로, 그의 이름을 적어보자. 이름 옆에 그가 내 글쓰기에 어떤 영향을 주었는지 설명해보자. 내게 영감을 주고 동기를 부여한 다른 사람들의 이름도 적고 그들이 준 영향을 적어보자.

내게 영감을 주고 동기부여를 해준 사람들

Chapter 3

세상 바라보기

우리가 존경하는 작가들은 어떻게 우리의 관심을 사로잡는 걸까? 그들은 어떻게 글을 쓰기에 우리가 일상을 잊고 책 속 세상에 푹 빠질 수 있는 것일까?

작가 그레이엄 그린은 작가라면 누구나 '마음속에 얼음 조각을 지니고 있다'고 적었다. 작가들이 고통스럽고 충격적인 비극적 상황을 냉정하게 바라본 뒤, 글의 소재로 삼는 것을 보며 한 말이다. 하지만 작가들이 냉정하기만 하다면 다양한 감정과 경험을 독자들이 공감할 수 있도록 표현하기는 어려울 것이다. 작가들은 마음속에 렌즈를 지니고 있다고 표현하는 편이 더 맞을 것 같다. 사건을 확대시켜 보는 렌즈가 있는 반면, 사건을 축소시켜 보는 렌즈도 있다. 한 가지 사건을 집중해서 보는 렌즈가 있는 반면, 모든 사건을 와이드 앵글로 보는 렌즈도 있다. 우리는 이 렌즈로 밖을 비추어 세상을 내다보고, 안을 비추어 자신의 모습과 다양한 감정이 뒤섞이는 모습을 들여다본다.

좋은 글을 쓰고 싶다면 최대한 판단을 배제하고 주변을 관찰하는 연습을 해보자. 그리고 감각을 통해 세상을 접하며 느끼는 감정을 문장으로 쓰는 연습을 해보자. 이 연습을 하다 보면 글에 진정성이 생기고, 보다 생생하고 독창적인 표현을 쓰게 될 것이다.

내면의 목소리에 익숙해지고, 주변 세계를 거침없이 탐색할수록 당신은 더 많은 글을 쏟아낼 수 있다. 시간이 좀 걸리더라도 자신을 작가로 받아들이고, 글쓰기에 도움이 되는 것들을 찾아두자. 또 세상을 관찰하는 자신만의 능력을 믿어보자. 이 과정을 통해 자신의 작품 속 세계를 채워줄 다양한 소재를 찾을 수 있을 것이다.

신났던 기억 하나

나는 고작 네 살이었지만, 이삿짐 트럭에서 작은 의자를 들고 나왔다. 비가 쏟아졌지만 개의치 않았다. 나는 기쁨으로 부풀어 올라 마구 소리를 질러댔다. 모두가 웃고 있었다. 이삿짐 트럭 운전사 아저씨는 날 조수석에 태워줬다. 마구 내리던 비와 그 비를 닦아내던 와이퍼가 기억난다. 반짝반짝 빛나던 그날은 궂은 날씨에도 전혀 바래지 않았다. 새로운 삶이 나를 기다리고 있었다.

감정 기억하기

누구나 인생에서 잊을 수 없는 기억이 있을 것이다. 머릿속에 각인되어 언제든지 꺼낼 수 있는 기억 말이다. 그 기억은 인생에 큰 영향을 준 사건일 수도 있다. 학교를 다니기 시작한 때, 결혼을 결심했을 때, 사랑하는 사람을 잃었을 때, 아기를 낳았을 때처럼 말이다. 또는 별일 없이 지내다가 일어난 사건일 수도 있다. 사람들은 별안간 사랑에 빠지고, 사건의 중심에 놓이고, 다투고, 예상치 못하게 직업을 바꾸고, 천재지변으로 가진 것을 몽땅 잃어버리기도 한다. 이 가운데 어떤 일을 겪었더라도 심경에 변화가 생길 것이다. 하지만 그 경험에 대한 기억과 감정을 바로 글에 담을 수 있을까?

감정이 강하게 요동치던 때를 떠올려보자. 뛸 듯이 기뻤거나 화가 치밀었을 때 몸과 마음이 어떻게 반응했는지 떠올려보고, 그 감정 때문에 내가 어떤 행동을 했는지 적어보자.

강한 감정을 느꼈던 기억

몸의 징후를 적어보자

우리는 다른 사람이 감정을 드러내는 것을 보고 자연스럽게 공감한다. 누군가가 행복해 보여서 미소 짓고, 고통스러워하는 것을 보고 마음 아파한다. 하지만 다른 사람의 기분을 글로 묘사하기란 쉽지만은 않다. 누군가가 슬퍼하는 모습은 어떻게 묘사하면 좋을까?

물론 '레오는 누가 봐도 슬퍼 보였다.'라고 간단하게 써도 별 문제는 없다. 하지만 독자는 레오의 슬픔이 얼굴과 몸에 어떻게 드러났는지 읽은 뒤에야 장면을 생생하게 떠올릴 수 있다. 또 레오가 어떻게 감정을 드러내는지 보고 그의 성격을 이해하게 된다. 사람마다 슬픔을 드러내는 방식도 다르지 않은가. 소리 내어 구슬프게 우는 사람이 있는 반면, 얼굴이 새하얘진 채 침묵하는 사람도 있다.

그 순간의 감정

그는 어깨를 편안하게 펴고, 꼿꼿한 자세로 가볍게 걸어왔다. 사람들이 기립박수를 치고 있지 않더라도 자꾸 눈길이 갈 것만 같은 모습이었다. 얼굴은 차분하고 상냥해 보였지만, 눈은 밝게 빛나고 볼은 발그레했다. 바로 지금이 그의 인생에 잊지 못할 순간일 거라 난 생각했다.

누군가의 감정을 감지한 때를 떠올려 글로 묘사해보자. 그의 감정을 어떻게 감지했나? 그 감정이 긍정적인지, 부정적인지 어떻게 알았나? 얼굴 표정은 어땠는가? 몸짓이나 목소리는 어땠는가?

누군가의 감정을
감지한 기억

글에 감정 입히기

격렬한 감정을 느꼈던 기억을 되살려 묘사해보면 글쓰기에 도움이 되지만, 그때의 분위기를 글로 재현하는 것은 어려울 수 있다. 반면에 일상 속에서 드러나는 다양한 감정을 바라보는 것은 비교적 수월하다. 그렇다고 자신을 냉정하게 바라볼 필요는 없다. 오히려 자신의 마음을 애정을 갖고 들여다보면 자신을 더 잘 이해하게 되고, 내가 동경하던 작가의 모습에 한층 가까워질 수 있다.

사람들은 보통 어떤 일에 감정을 드러내는가? 대중교통이 연착될 때, 친구를 만날 때, 도둑을 만났을 때, 떼 부리는 아이를 달랠 때 등 다양할 것이다. 다양한 감정을 일으킬 만한 실제 상황이나 상상 속 상황에는 어떤 것이 있을지 적어보자. 살짝 짜증이 나도, 엄청난 기쁨을 느껴도 몸에 신호가 온다는 것을 기억하며 목록을 만들어보자.

마음 바라보기 훈련을 하면 자신의 판단을 배제하고 타인의 기분, 반응, 행동을 감지할 수 있게 된다. 이 훈련의 또 다른 장점은 작가로서의 공감대를 넓히고 직관력을 키울 수 있다는 점이다.

앞으로 어떤 감정을 느끼게 되면, 그것이 좋은 감정이든 나쁜 감정이든 잠시 그 감정에서 '빠져나오는' 시간을 가져보자. 그리고 몸과 마음을 관찰해보자. 마찬가지로 다른 사람의 감정을 감지했을 때도 잠시 그 상황에서 빠져나와 그 사람이 어떤 표정과 몸짓을 하는지 살펴보자.(너무 빤히 보지는 말길!)

사람들이 감정을 드러내는 다양한 이유

앞으로 24시간 동안 자신의 기분과 반응을 관찰해보자. 주변 사람이나 동물도 함께 관찰해보자. 그리고 관찰한 것을 바탕으로 기록해보자. 누군가를 판단하는 시간이 아니고, 글쓰기 소재를 모으는 시간임을 기억하자. 관찰한 것을 기록할 때는 관찰대상의 이름을 적지 않는 편이 좋다. 이름을 적으면 당신만의 관점과 상상력이 흐트러질 것이다. 관찰대상에 가상의 이름을 붙이는 것은 괜찮다.

자신의 모습 관찰하기

주변에 있는 사람이나 동물 관찰하기

소설 속 장면을 위한 감정 바라보기

자기 자신을 관찰하는 것은 일종의 연구라고 볼 수 있다. 자신의 다양한 감정과 반응을 관찰한 뒤 소설 속 인물의 삶을 구상할 때 활용하면 더욱 실감나는 이야기를 만들 수 있다. 우리는 늘 어떤 감정이든 느끼고 있다는 것을 기억하고, 평온함이나 만족감과 같은 가벼운 감정이라도 시간을 갖고 관찰해보자.

자기 관찰 예문

지금 내 기분에 대해 글을 써보려 한다. 긴장된다. 뱃속이 꼬인 느낌이다. 약간 메스꺼운 느낌도 든다. 머릿속이 시끄럽다. 몸은 뻣뻣하고 다리는 불편하게 꼬고 있다. 몸이 불편하다는 것을 의식한 뒤에는 긴장을 풀고 꼬았던 다리를 풀어보지만 편안함이 오래 가지는 않는다. 금세 다시 몸이 굳는다. 의식적으로 어깨에 긴장을 푼다. 긴장을 푼 채 글을 계속 써본다.

일반적으로 우리가 느끼는 감정은 몸에 어떤 식으로든 영향을 미친다. 이러한 신체적 변화를 감지하고 묘사해보는 것도 작가에게는 흥미로운 작업이 될 수 있다. 지금 바로, 혹은 나중에 따로 시간을 내서 이 연습을 직접 해보자. 하던 일을 잠깐 멈추고, 몇 분간 몸과 마음을 샅샅이 관찰해보자. 어떤 감정이 왜 드는지 따지고 들지는 말자. 몸과 마음이 미묘하게 (또는 굉장히) 불편하다거나, 짜증이나 조바심, 호기심 같은 감정이 느껴진다면 놓치지 말고 그 감정이 몸에 어떤 영향을 미치는지 지켜보자. 반대쪽 페이지에 내가 관찰한 사항을 적어보자.

지금 느끼는 감정과
그 감정이 몸에 미치는 영향

지하철에서 잔뜩 긴장한 모습 묘사하기

제이슨은 뉴욕 지하철을 타고 브라이턴 비치로
향했다. 자신이 사기꾼이 된 것만 같았다.
인터넷에 올린 사진은 실물보다 훨씬 잘 나온
편이었다. 그 아름다운 여자가 내 진짜 모습을
보면 어떻게 생각할까?

　제이슨은 자신이 다리를 불편하게 꼬고
있다는 것을 알아차리고 다리를 풀었다.
숨을 깊게 들이쉬자, 데오도란트를 잔뜩 바른
겨드랑이에서 땀이 흘러내리는 게 느껴졌다.
다시 다리를 꼬았다. 마음을 편안하게 가져보려
했다. 그렇게 긴장된다면 애초에 만날 약속을
잡지 말아야 했다. 매트의 말을 되새겨보았다.

　"그 여자 사진도 실물보다 잘 나온 걸 거야.
너무 걱정하지 마."

　큰일이다. 벌써 브라이턴 비치다. 제이슨은
개찰구로 향하는 계단을 걸어 올랐다. 토할
것만 같았다. 시계 아래 누군가가 서 있었다. 긴
금발에, 조금 구부정한 자세였다.

　"혹시 로라 맞으세요?"
제이슨은 물었다.

　여자가 긴장한 듯한 큰 눈으로
올려다보았다.

　"제이슨?"

　제이슨은 웃었다. 괜찮은
만남이 될 것 같았다.

이제 육체적, 감정적으로 나와 비슷한
반응을 보이는 가상의 인물이 있다고
가정해보자. 이 인물은 나와는 전혀
닮아 있지 않고 자신만의 이유로 그
감정을 느끼고 있다. 왼쪽의 글은
52페이지의 예문에서 영감을 받아
소설 속 상황을 만들어본 것이다.

자신의 감정을 소설 속 인물에게 대입해보기

Chapter 4

나의 삶 되돌아보기

삶은 늘 풍성한 소재로 가득하다. 삶을 찬찬히 들여다보면 글을 깊이 있게 만들어줄 보석 같은 소재들이 보인다. 독자의 관심을 끌기에는 자신의 삶이 너무 평범하고 지루하다고 생각할 수도 있다. 하지만 모든 삶은 놀라움으로 가득하다. 그동안 당신을 매료시킨 사람이나 장소, 경험이 있지 않은가. 당신의 글을 읽는 독자도 똑같이 매료되도록 글 속에 그 기억을 고스란히 담기만 하면 된다. 그리고 이렇게 자신의 기억을 온전히 글로 표현하는 연습을 하다 보면 보다 영향력 있는 글을 쓸 수 있다.

이번 장에서는 삶을 하나의 이야기로 생각하고 되돌아보고자 한다. 많은 사람들이 가족에게 남길 목적으로 자신의 인생 이야기를 쓰고 싶어 하는데, 삶을 되돌아보는 훈련은 자신에게도 도움이 될 것이다.

자신의 인생을 소설이라고 생각하고 접근해보자. 소설을 짜임새 있게 구성하기 위해서는 중간중간에 '책갈피'가 등장해야 한다. 자신이 유아 시절과 청소년 시절에 갖고 있던 고민거리를 다시 들여다보고, 어리다는 것이 어떤 느낌이었는지 떠올려보자. 그 시절에 열광하던 것과 각종 걱정거리가 얼마나 크게 느껴졌는지도 떠올려보자. 지금은 모든 것이 사소하게 느껴질 것이다.

지금까지 만나온 사람들도 떠올려보자. 몇 년 동안 만나지 못한 사람, 인생을 이끌어준 사람, 지금 같이 살고 있는 사람들까지. 인생 이야기에는 과거뿐 아니라 현재 이야기, 그리고 자신이 지금 쓰려고 하는 이야기까지 모두 담을 수 있다.

나만의 책갈피

자신의 이야기를 글로 쓰는 것은 글쓰기 실력을 키울 수 있는 좋은 방법이다. 하지만 인생 이야기에 어떤 것을 포함하고, 어떤 것을 제외해야 할지 고민될 것이다. 당신은 작가로서 책임을 지고 자신의 이야기를 흥미롭게 풀어나가야 한다. 모든 이야기가 그렇듯 당신의 이야기에도 구조가 필요하다.

인생 이야기에 구조를 만들기 위해서는 자신의 관심사, 다시 말해 계속 등장하며 독자의 관심을 붙잡아두는 내 삶 속 '책갈피'를 글에 의식적으로 넣어야 한다. 특정 관심사나 활동, 가족, 여행, 건강 또는 직업 등이 책갈피가 될 수 있을 것이다. 이 가운데 한 가지 이상을 글에 등장시키면 이야기에 패턴이 생긴다. 또 시간 순으로 사건을 나열하고 성격 묘사를 할 때, 학력과 경력 등을 언급할 때, 나만의 관점을 만들 수 있다. 때로는 관심사가 직업이 되고, 문제가 해결되고, 야망이 실현되는 것처럼 책갈피 자체만으로 이야기가 전개되기도 한다.

자신의 삶에 반복하여 등장한 '책갈피' 목록을 적어보자. 이 목록은 기쁜 기억이나 힘든 기억, 혹은 그 둘을 동시에 불러일으킬 수도 있다. 최대한 자세하게 써보자. 예를 들어 '직업'이라는 단어보다는 '뇌 전문 외과의사' 또는 '가게 점원'이 좋다. 너무 고민하지는 말자. 내가 쓴 소재를 모두 활용할 것도 아니고, 목록을 적다 보면 고민할 때보다 좋은 생각이 떠오를 수도 있다.

나만의 책갈피 목록

책갈피 중 하나가 '글쓰기'라면 첫 문장을 이렇게 시작할 수 있다.

나는 늘 이야기를 사랑해왔다. 어린 시절에는 부모님이 책을 읽어주실 때만 조용히 잠자리에 들었다. 누워서도 나는 자지 않고 머릿속으로 계속 이야기를 만들었다.

'등산'에 대해서라면, 이렇게 시작할 수 있을 것이다.

내가 처음으로 등산을 한 건 세 살 때였다. 나는 아파트 앞 3미터 높이 벽에 올라가다가 엄마에게 붙잡히고 말았다.

'천식'에 대해서

천식은 하루도 빠짐없이 나를 괴롭혔다. 천식에 대한 첫 기억은 어느 날 새벽의 일이다. 나는 침대에 걸터앉아 헐떡거리며 숨을 쉬기 위해 애썼다.

이제 각각의 책갈피를 열 살 때까지의 기억과 연결시켜 첫 문장을 작성해보자.

책갈피별 첫 문장

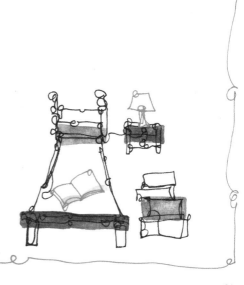

인생 단계별 문장 쓰기

앞 페이지에 쓴 첫 문장을 보고 한 가지 책갈피만 골라보자. 물론 실제 인생 이야기에는 다른 소재를 등장시켜도 되지만, 이번에는 소재 하나만으로 이야기를 구성하는 연습을 해보자.

자신이 고른 책갈피를 적어보자. 그리고 다음 페이지에 그 책갈피와 관련된 인생 단계별 첫 문장을 적어보자. 인생을 10년 간격으로 나누어도 되고, 인생 단계를 다르게 (처음 학교에 입학했을 때, 대학에 들어갔을 때, 독립하여 첫 집을 마련했을 때) 나누어도 상관없다. 만약 책갈피에 대해 언급할 것이 없는 시기가 있다면, 그 시기에는 책갈피와 관련된 일이 없었다고 있는 그대로 적으면 된다.

'글쓰기' 책갈피에 대한 예시

내가 스물다섯이 되던 해에 첫 아이 톰이 태어났다. 톰과 그 아이의 동생들 덕분에 내 삶은 기쁨과 혼돈으로 가득 차올랐다. 글쓰기는 아주 아득하고 그리운 꿈 같기만 했다.

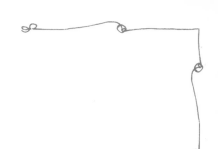

내가 고른 책갈피

두 번째 인생 단계, 첫 문장

세 번째 인생 단계, 첫 문장

그 이후의 인생 단계, 첫 문장

아이의 시선으로

자신이 아이였을 때가 기억나는가? 누구나 어린 시절의 추억을 간직하고 있지만, 추억에 대해 글을 쓸 때는 자연스레 어른의 시선으로 이야기한다. 내가 얼마나 작고 연약한 아이였는지, 그 작은 아이가 안전함과 편안함을 느끼기 위해 어른들에게 얼마나 기대 살았는지 잊어버리고 만다. 그리고 아이들이 물웅덩이에 떨어지는 빗방울, 아이스크림의 맛, 낯선 이의 웃음, 따뜻한 목욕물 같이 사소한 것에도 감탄한다는 사실을 잊고 만다.

아이들은 어른과는 전혀 다른 시선으로 세상을 본다. 눈높이부터 다르니, 아이들의 세상은 우리의 세상과 전혀 닮아 있지 않다. 방에 들어갔는데 어른들 틈에 아이라고는 나밖에 없었을 때 어떤 기분이 들었는지 기억나는가? 눈앞에는 어른들의 다리, 신발, 코트만 잔뜩 있고, 정작 같이 온 어른은 보이지 않아 난감하기만 하다.

아이들에 대한 글을 쓸 때는 몸과 마음을 집중하여 아이로 산다는 게 어떤 느낌이었는지 기억해보자.

초등학교 입학식 또는 학교와 관련된 첫 기억을 글로 담아보자. 교실 분위기는 어땠는지, 어떤 기분이 들었는지, 교실에는 누가 있었는지 떠올려보자. 글을 쓰기 전 잠시 몸과 마음을 집중해 작은 아이의 시점에서 글을 써보자.

초등학교에 입학하던 날

외계인들

아이들은 자라고, 배우고, 친구를 만들며 가족에게 끊임없이 즐거움을 선사한다. 모든 아이가 자기만의 개성으로 가득 차 있고, 좋아하는 것도 관심사도 모두 다르다. 늘 밝은 면만 보는, 희망에 가득 찬 존재들이다.

그러다가 갑자기 사춘기가 닥친다. 아름답던 아이는 거대한 호르몬 덩어리가 되어 뚱해지고 반항하기 시작한다. 말을 할 때면 마치 다른 나라 말을 하는 것만 같아 부모들은 당혹스럽기만 하다.

청소년 시절의 기억 하나

청소년 시절을 떠올려보자. 여유롭거나 힘들었던, 혹은 신났던 그때의 기억을 떠올려 짧은 글을 써보자. 내 몸에 남은 기억에 의지해보자. 그리고 글을 쓸 준비가 됐다면 숨을 깊이 들이마신 다음, 그때 그 시절로 돌아가보자. 몸과 머릿속의 기억이 내가 쥐고 있는 펜으로 흘러든다고 상상해보자. 지금 당신은 어디 있는가? 지금 막 무슨 일이 일어났는가?

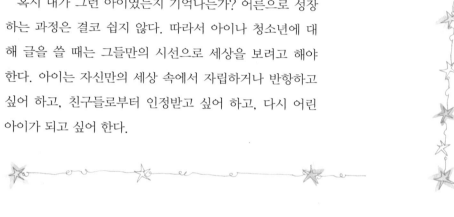

그토록 사랑스럽던 아이는 어디로 가고, 왜 하루 종일 잠만 자거나 문을 쾅 닫고, 갑자기 눈물 바람이 되고, 밥을 먹었다가 안 먹었다 하는 외계인이 나타난 건지 이해할 수가 없다.

혹시 내가 그런 아이였는지 기억나는가? 어른으로 성장하는 과정은 결코 쉽지 않다. 따라서 아이나 청소년에 대해 글을 쓸 때는 그들만의 시선으로 세상을 보려고 해야 한다. 아이는 자신만의 세상 속에서 자립하거나 반항하고 싶어 하고, 친구들로부터 인정받고 싶어 하고, 다시 어린 아이가 되고 싶어 한다.

사람들

내 인생을 거쳐 간 사람들을 모두 떠올려보자. 어린 시절의 친구, 지금까지 종종 만나는 오래된 친구, 무척 사랑했지만 지금은 세상을 떠난 가족, 잘 아는 사이는 아니었지만 나에게 힘과 용기를 줘서 절대 잊을 수 없는 사람들.

　사랑하는 사람, 나와 무언가를 공유하는 사람, 친절한 사람, 나를 웃게 하는 사람을 떠올릴 때 그의 생김새는 중요하지 않다. 인물 묘사를 할 때 이 사실을 꼭 기억하자. 겉모습은 크게 중요하지 않다. (다만 빨간 스카프나 트위드 재킷처럼 기억할 만한 옷차림 한두 가지는 '책갈피'로 유용하게 쓸 수 있다.) 대신 그 사람의 성격을 드러내는 특징을 찾아 생생하게 그려보자. 정원 가꾸기나 빵 굽기, 텔레비전 연속극 보기를 너무 좋아하던 사람, 집을 늘 꽃으로 한 가득 꾸며놓던 사람, 수다쟁이였던 사람, 선물을 자주 주던 사람, 나와 많은 시간을 보내주던 사람, 웃으면 방 전체가 환해지던 사람 등 내 주변 사람들의 특징을 떠올려보자.

내 인생의 주요 인물 열 명을 골라 목록을 만들어보자. 아주 오래 전에 알고 지내던 사람, 또는 최근까지 자주 만난 사람 등 다양한 사람들이 있을 것이다.

내 인생의 주요 인물 열 명

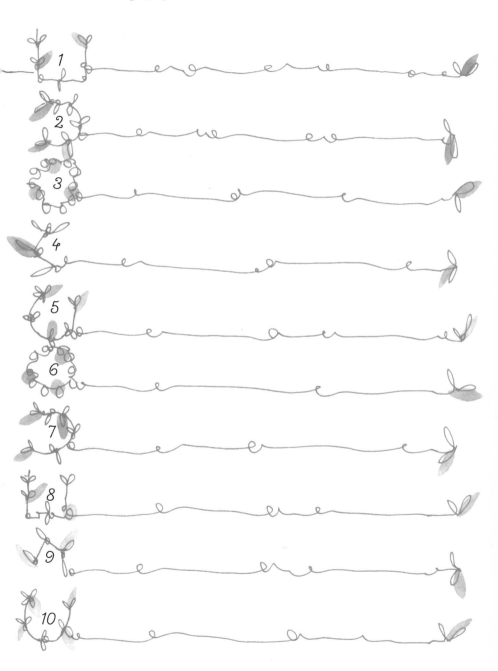

1

2

3

4

5

6

7

8

9

10

목록을 모두 작성한 뒤에는 1~2분 동안 눈을 감고 머릿속을
정리해보자. 눈을 뜨고, 열 명 가운데 가장 먼저 떠오르는
사람을 골라보자. 그리고 그 사람에 대한 나의 생각과 그의
성격을 보여주는 습관, 그 사람과 나를 연결시켜주는 대화나
경험 등을 한두 문단 정도로 적어보자.

그에 대한 나의 생각

Chapter 5

단어로 마법 부리기

작가라면 늘 단어에 관심을 가져야 한다. 글을 쓸 때는 단어를 까다롭게 고르고, 참신하게 사용해야 한다. 강렬한 느낌을 가진 단어와 문구라도 자꾸 쓰면 말의 힘이 사그라진다. 칼을 많이 쓰면 칼날이 뭉툭해지는 것과 비슷하다. '망연자실하다'라는 단어를 예로 들어보자. '망연자실하다'라는 단어에는 강렬한 느낌이 있지만, 잘사는 집의 건강한 아이가 장난감을 잃어버리곤 '망연자실했다.'라고 써버리면 그 단어만의 의미가 퇴색된다. 전쟁에서 집과 가족을 모두 잃어버린 아이의 심정을 표현할 때는 정작 그 단어를 쓸 수 없게 되는 것이다. 이렇듯 작가는 단어와 문구를 남발하면 그 언어만의 의미가 사라진다는 것을 늘 기억해야 한다. 하지만 지나치게 안타까워할 필요는 없다. 그 과정에서 언어가 진화하고 발달하기 때문이다. 글 쓰는 사람들은 늘 단어를 다르게 활용하고, 문구를 신선하게 쓰고, 표현을 독창적으로 하며 언어를 생생하게 살려야 한다.

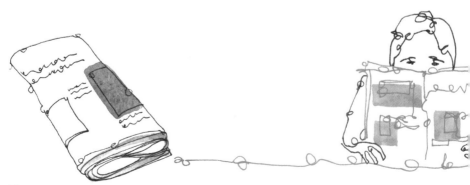

언어를 살리는 데 앞장서야 한다는 말을 들으면 누구나 부담스러울 것이다. 하지만 단어를 갖고 놀며, 다양한 시도를 해보는 것은 생각보다 즐거운 일이다. 컴퓨터가 처음 도입되었을 때, '마우스', '스팸', '블로그', '소프트웨어'와 같은 단어를 만들어낸 사람들이 얼마나 재미있어했을지 상상해보자. 지금은 누구나 무의식적으로 사용하지만 모두 누군가가 처음 만들고 사용하기 시작한 단어들이다. 당신은 새로운 단어를 만들 필요까진 없지만, 반짝거리는 단어를 찾아내 기존 의미 안에서 최대한 참신하게 사용하면 된다.

작가는 늘 읽고, 언어가 바뀌는 것을 관찰하고, 사람들의 대화를 들어야 한다. 또 단어로 새로운 시도를 하고, 소설 속 인물의 목소리를 만들고, 그 과정을 즐겨야 한다. 그리고 아무리 근사한 단어가 있더라도 효과적으로 의미를 전달하기 위해, 창의적으로 사용해야 한다는 점을 잊지 말자.

75

다양한 목소리

작가는 늘 사람들의 대화에 관심을 기울여야 한다. 주변 사람들의 대화를 들어보자. 말투에서 느껴지는 그 사람만의 특징이 있는가? 누군가의 목소리를 듣고, 어떤 단어를 사용하는지 보면 그 사람의 나이, 성품, 건강 상태, 사회적 위치 등을 대략 맞출 수 있는가? 소설의 대화문을 쓸 때는 어떤 방식으로 써야 독자가 등장인물의 특징을 자연스럽게 파악할 수 있을까? 80대 할머니가 하는 가족 이야기가 15세 소년이 하는 이야기와 얼마나 다를지 생각해보자. 한 가지 더 기억해야 할 점은 나의 소설 속 인물이 나와는 전혀 비슷하지 않을 수도 있다는 사실이다. 18세기 재산가의 목소리로 이야기를 진행하기로 했는데, 그 인물이 갑자기 21세기의 말투와 표현을 쓰지는 않을 것이다.

다양한 나이와 배경의 사람들이 어떻게 말하는지 며칠 동안 관찰해보자. 상대에게 너무 가까이 다가가거나, 말을 받아 적거나 해서 불쾌하게 만들지는 말길. 사람마다 목소리 톤과 발음이 어떻게 다른지, 특정 사람들만 사용하는 단어에는 어떤 것이 있는지 주의를 기울여보자. 텔레비전 프로그램 속 인물을 관찰해도 괜찮다. TV 속 대화를 엿듣는다고 불쾌해할 사람은 없으니 얼마나 좋은가! 사람들의 목소리를 들으며 인물의 대략적인 나이와 배경 및 관심사에 대해 메모해보자.

내 귀에 들린 목소리

제시카(33세)는 번화가를 걷고 있다. 약국에 가는 길이다. 길에서 옆집에 사는 낸시(82세)를 마주친다. 낸시는 제시카에게 약국에 강도가 들었다고 말한다. 아파트 관리인 마이클(22세)이 다가와 대화에 낀다.

왼편의 개요를 바탕으로, 세 명의 대화 장면을 써보자. '제시카는 번화가를 걷고 있었다.' 와 같은 설명문을 덧붙여도 상관없다. 상상력을 동원해서 이야기를 전개시켜보자.

인물들의 대화 장면

보다 사실적인 표현하기

글쓰기와 스피치에서 은유와 직유는 널리 쓰이는 표현이다. 은유는 객관적으로는 사실이 아니지만, 어떤 개념을 독창적으로 설명하거나 비교하는 단어, 혹은 문장을 말한다. 예를 들면 '그 여자는 호랑이다', '파리는 천국이다' 같은 표현을 말한다. 직유는 어떤 대상과 다른 대상의 유사성을 찾아 비교하는 것이다. 예를 들어 '그는 체리파이처럼 달콤하다.', '짐을 들고 오다 보니 말이 된 것만 같았다.' 같은 표현이 있다.

은유와 직유는 우리가 쓰는 말에 생동감을 불어넣어 다채롭게 하고 가치를 더해준다.

널리 알려져 있는 은유 중의 하나로 셰익스피어의 비극 〈로미오와 줄리엣〉 속 로미오의 대사가 있다. "가만! 저 창문에서 쏟아지는 빛은 무얼까? 저곳이 동쪽이지. 그렇다면 줄리엣은 태양이구나." 이 말을 듣고 좋아하지 않을 사람이 있을까?

은유와 직유

* 그는 아기를 안는 딸의 얼굴에 떠오르는 태양을 가만히 지켜보았다.
* 케이크를 한 입 먹자 입 안에서 달콤함이 팡팡 폭발했다.
* 그의 목소리는 자갈에 부딪치는 파도 소리 같다.

은유를 사용하여 어떤 장면이나 물건, 성격, 사건 등을 묘사해보자. 가벼운 마음으로 다양한 시도를 해보자. 내가 사용한 은유가 말이 안 될 수도 있지만, 이 과정에서 새롭고 눈에 띄는 표현을 찾아낼 수도 있다.

나만의 새로운 은유

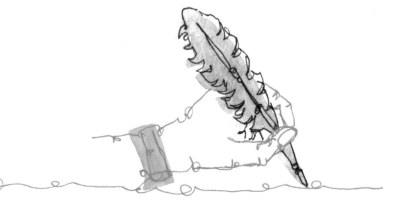

단어 가지고 놀기

글은 재미있게 써야 한다. 짧은 인생에 빛이 되어줄 수 있는 글쓰기를 너무 심각하게만 받아들이지는 말자. 글쓰기를 너무 진지하게 받아들이면 스스로를 검열하게 되고, 우울해질 수밖에 없다. 새로운 은유를 만들어보고, 내가 느끼던 감정을 등장인물에게 불어넣어 생생하게 표현하고, 다양한 시적 시도를 해보자. 글쓰기가 즐거워질 것이다.

작가들은 자주 만나는 동료 작가들과 과제를 주고받으며 말놀이를 하는 경우가 많다. 난해한 단어나 특이한 상황을 골라 글을 써보라고도 한다. 작가들은 이런 놀이를 통해 건전하게 경쟁하며 배꼽 빠지게 웃기도 한다. 이렇게 가벼운 마음으로 글쓰기를 하면 내면의 목소리와 창의성을 잃어버리는 일은 절대 없을 것이다. 또한 어떤 글쓰기 훈련을 해도 나만의 강점을 키울 수 있다.

빙글빙글 돌아가는

텅 비어 있는

갇혀버린

가짜

비싼

느린

첫 번째

이질적인

변화무쌍한

역사적인

이제 상상력 키우기에 좋은 훈련을 해보자. 여기 목록 두 개가 있다. 왼쪽은 모두 형용사이고, 오른쪽은 모두 명사이다. 두 목록에서 단어를 무작위로 하나씩 골라보자. 이것이 당신이 앞으로 쓰게 될 글의 제목이다. '갇혀버린 과일' 또는 '변화무쌍한 달'처럼 말이다. 내면의 목소리에 귀를 기울여 최대한 재미있게 써보자. 제목에 너무 얽매이지 말고, 오히려 제목에서 영감을 받아보자. 무작위로 고른 제목 세 개로 다음 페이지에 글을 써보자.

과일

일몰

얼굴

영혼

달

드레스

꿈

폭풍

편지

새벽

무작위로 고른 첫 번째 제목

무작위로 고른 두 번째 제목

무작위로 고른 세 번째 제목

문장 들어내기와 끼워 넣기

단어를 가지고 노는 것은 좋지만, 글을 쓰다 보면 특정 가이드라인을 지켜야 할 때가 있다. 자신의 전문 분야에 대해 1000자 또는 100자 분량으로 글을 써달라는 청탁을 받을 수도 있다. 그런데 글을 쓰다 보면 정해진 분량보다 하고 싶은 말이 훨씬 많을 때가 있다. 이때는 내가 좋아하는 문구나 중요해 보이는 정보라도 과감히 들어내야만 한다.

작가들은 보통 원고를 완성한 뒤에 단어 수를 줄이는 작업을 한다. 퇴고를 거친 글에는 힘이 있다. 예를 들어 새로운 인물을 소개하며 겉모습이 어떤지, 또 지금 어떤 문제를 겪고 있는지 설명하는 글이 있다고 상상해보자. 겉모습에 대한 묘사를 들어내면 그가 겪고 있는 문제에 더욱 집중할 수 있고, 독자는 이야기에 더욱 빠져들 수 있다.

집을 35개의 어절로 표현하기

35

시카고로 이사를 떠나며 윌리엄은 잔뜩 긴장했다. 자신이 시골에서만 살다 와서 도시에 적응하지 못할 거라 생각했다. 하지만 그는 기차역을 벗어나자마자 바다로 돌아간 물고기처럼, 거대한 도시의 삶으로 빠져들었다. 택시를 잡던 윌리엄은 미소 지으며 생각했다. '드디어 집에 왔구나.'

분량 제한이 있는 글짓기를 해보고 싶다면 짧은 이야기를 만들어보자. 어절을 정확히 35개로 제한하자. 이 연습을 통해 단어를 신중하게 골라 글을 쓰게 될 것이다. 다음 페이지의 여백에 나만의 짧은 이야기를 써보자. 처음부터 35어절로 쓰는 것은 어려울 것이고, 중간중간 단어를 바꾸거나 문장을 고쳐 써야 할 것이다.

규칙: 이야기는 정확히 35어절로 끝나야 한다. 조사가 붙은 단어나 합성어는 한 어절로 봐서 즉 띄어쓰기 단위로 세면 된다. 35어절에 제목은 포함되지 않고, 제목은 6어절로 제한한다.

이 페이지에 짧은 이야기를 쓰고,
고쳐보자.

소리의 울림

산문이나 시를 읽을 때, 그 글만의 고유한 리듬이 있는지 살펴보자. 같은 단어가 반복되며 생기는 힘과 글 속에 흐르는 감정의 기류를 몸과 마음으로 느껴보자.

리듬과 단어의 병렬, 그리고 모음과 자음의 반복(발음의 유사성 및 두운법 활용하기)에는 고요한 음악과 같은 '울림' 효과가 있다. 작가들은 글을 쓸 때 그 글만의 분위기를 조성하기 위해 단어를 고르기도 한다. 예를 들어 단어 '숲'과 '수풀'은 둘 다 '나무가 우거진 장소'를 뜻하지만, '수풀'에는 발음에서 오는 경쾌한 느낌이 있다면, '숲'에는 좀 더 차분한 느낌이 있다. 붓 자락의 느낌이 좋아 그림을 그리는 화가처럼, 단순히 단어에서 오는 느낌 그 자체를 즐기려고 수필과 시를 쓰는 작가도 있다.

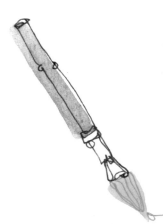

강한 울림이 느껴지는 단어들로 문장을 구성해보자. 글에 별 의미가 없는 것 같아도 너무 고민하지 말자. 미묘한 뜻이 있을 수도 있고, 소리와 리듬에 뜻이 숨어 있거나 분명한 뜻이 없을 수도 있다. 일단은 울림을 만드는 연습을 해보자.

고속도로

더럽고, 악취 가득한 매연이 쉴 없이
뿜어져 나와 머릿속을 감염시킨다.
지나가는 차의 날카로운 소음에 정신이
마비된다. 덜컹거리고 진동하는, 격렬히
움직이는 차들만 시야에 가득하다.
하지만 울타리 속 쇳덩이 소떼 같은
차들 위로 찌르레기의 노랫소리가
들린다. 찌르레기의 노랫소리는 흐르고,
뛰어오르고, 울려 퍼져 누군가에게
가닿는다. 희망에 차서 언덕 위에 서 있는
그에게 멀리 있는 고속도로 소리는 작게
읊조리는 노랫소리에 불과하다. 그 소리는
아기의 숨결처럼 부드럽고, 아무것도
위협하지 않지만, 살아 있는 찌르레기의
노랫소리처럼 확신을 준다. 노래를 부르는
존재가 노래를 듣고 있는 존재만큼이나
살아 있다는 확신을.

Chapter 6

리듬과 함께 사유하기

우리는 소리와 리듬이 가득한 세상에서 산다. 일단 심장부터 리듬에 맞춰 뛰고 있기 때문에 우리가 살아가고 있지 않은가. 그러니 인간이 음악에 반응하는 것도 당연하다. 우리가 발을 딛고 있는 지구도 늘 완벽한 규칙 안에서 자전하며 태양 주위를 도는 것을 보라.

작가들은 언어의 리듬과 형태에 예민하게 반응한다. 시나 노래에만 리듬과 형태가 있는 것은 아니다. 글을 쓰거나 말을 할 때도 리듬감을 주고 형식을 다듬어주면 강렬한 효과가 생긴다.

글쓰기 실력을 키우고 싶은 작가라면 누구나 시를 읽으며 언어의 리듬과 형태에 대한 영감을 받을 수 있다. 산문 쓰기를 선호하는 사람에게도 시 읽기는 많은 도움이 된다. 시를 접하다 보면 글의 분위기에 맞는 어조와 리듬을 만들 수 있기 때문이다.

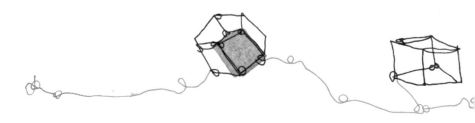

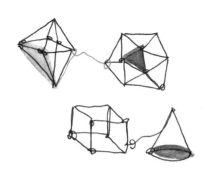

글쓰기를 잠시 중단하고 싶을 때엔 짧은 시를 써보자. 시를 쓰며 잠깐의 휴식을 얻고, 정신을 가다듬을 수 있을 것이다. 코스 음식을 먹는 중간에 물을 마셔 입을 헹구는 것처럼 말이다. 시를 쓰기 특히 좋을 때는 글을 쓰다 막혔을 때다. 시를 쓰며 진행 중인 작업에서 잠시 벗어날 수는 있지만, 글쓰기 자체를 놓지 않을 수 있다.

일반적으로 시는 산문보다 적은 수의 단어로 분위기를 조성한다. 시를 쓰고 싶다면 규칙과 관습에 맞춰 시의 리듬을 만들 준비가 되어 있어야 한다. 표면적인 리듬이 없는 시라면 여백을 통해 시적 효과를 줄 수 있다.

이번 장에는 다양한 시적 기법과 시 쓰기를 연습해볼 수 있는 예제가 실려 있다. 단어 각각의 형태와 운율, 음절과 강세에 대해서도 살펴보고, 산문을 시로 전환하는 방법도 배워보자. 지금부터 시에 몸을 맡겨보자.

시 쓰기

세상에는 많은 종류의 시가 있다. 어떤 시가 '좋은' 시인지에 대한 의견도 분분해서 시를 정의한다는 것은 거의 불가능하다. 하지만 대부분의 시는 일반적으로 아래 두 가지 특징을 모두, 또는 한 가지라도 갖고 있다.

- 리듬과 라임 같은 단어 패턴이 있다.
- 감정과 경험, 그리고 시선을 가장 절묘하고 간결하게, 독창적으로 표현한다.

단어를 라임에 맞게 구성하고 리듬을 만드는 과정은 생각보다 재미있는 작업이다. 하지만 시를 쓸 때 가장 중요한 것은 자신의 목소리에 자신감을 가지고 편안하게 쓰는 것임을 기억하자.

간단한 시를 재미있게 써보고 싶다면 하이쿠haiku를 써보자. 하이쿠를 보면 글의 구조에 대해 생각하게 되는데, 이 시는 전통적으로 3행 안에서 17개의 음만을 사용한다. 첫 행에 5개, 둘째 행에 7개, 그리고 셋째 행에 5개의 음을 사용하고 라임을 사용하지는 않는다. 하이쿠에는 감정을 표현하는 서사적 시가 많고 주로 자연을 주제로 한다.

하이쿠의 예

* 비가 싫지만
  이튿날 물웅덩이
  속에 하늘이

* 그가 떠났다
  세상은 눈 떴지만
  나는 감았다

* 그녀가 웃네
  우산 밑에서 방긋
  무지개 뜬다

나만의 하이쿠를
만들어보자.
17음절, 3행의 규칙을
지켜보자.

'엄마의 마음' 5행시

엄마의 마음
마르지 않는
의로운 사랑
마음을 울린
음악 같은 힘

아크로스틱 만들기

창의성을 발휘하여 단어로 다양한 시도를 해보고 싶다면 아크로스틱을 써보자. 아크로스틱은 각 행의 첫 글자를 아래로 연결하면 단어가 되는 시인데, 아래로 연결하여 만들어진 단어가 그 시의 제목이 된다. 이름으로 3행시 만들기도 꽤 유명한 아크로스틱의 일종이다. 친구의 이름으로 3행시를 만들어 편지를 써보면 어떨까? 애정과 익살이 가득한 선물이 될 것이다. 아크로스틱의 제목은 시 안에서 어떤 식으로든 정의 내려지거나 언급되어야 하며, 각 행은 짧고 간결한 편이다.

'집이 좋다'라는 제목으로 아크로스틱, 4행시를 만들어보자.
집이 자신에게 어떤 의미인지
시 안에서 언급하는 것을 잊지 말자.

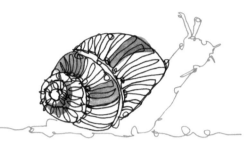

집

이

좋

다

여백 만들기

자유시에는 특별한 라임이나 리듬이 없다. 자유시를 써보고 싶다면 먼저 산문을 몇 개의 구절로 나누어 시로 만들어보자. 아래 예를 보면 문장 중간에 여백을 두고 단어 몇 개를 변경하여 산문을 시로 바꿔보았다. 시 속 여백은 독자를 한 호흡 쉬어가게 하고, 작가는 다른 언급 없이 여백만으로도 시적 효과를 줄 수 있다.

산문을 시로 바꿔보기

나는 오늘도 수업에 필요한 가방과 상자를 잔뜩 든 채, 신발을 바쁘게 또각이며 길을 걸어간다. 무언가가 나를 멈추게 한다. 이곳에 서니 내 숨소리만 들린다. 그때 재빠르고 세심한 조수의 손길처럼 추위가 내 목과 어깨 위를 덮지만 마당에는 첫 수선화가 꽃을 폈다. 토요일인데 오랜만에 비가 오지 않는다. 오늘은 다른 사람처럼 살지 않으리라 결심한다.

신발

오늘도 신발을
바삐 또각이며 나는 걷는다
수업을 위한 가방과 상자를
잔뜩 싣고

무언가가 나를 멈추게 하고 나는 선다
내 숨소리만 들린다. 재빠르고
세심한 조수의 손길처럼 추위가
목과 어깨를 덮는다

하지만 마당에는
첫 수선화가 꽃피었다
오늘은 토요일이고
비가 오지 않는다

오늘은
다른 사람처럼 살지 않으리라

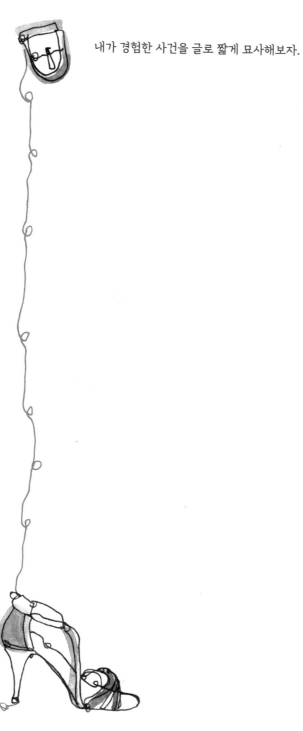

내가 경험한 사건을 글로 짧게 묘사해보자.

이제 자신이 쓴 글을 시로 바꿔보자. 자유롭게 단어를
추가하고, 바꾸고, 아예 없애거나 줄을 바꿔보자.
직관적으로 작업해보자. 시를 쓰고 있는 것이기
때문에 의미를 꼭 명확하게 전달할 필요는 없다.

독창적인 작품 만들기

참신한 정의의 예

책: 상상의 나래를 펼치게 하는 종이 보석함

시계: 내가 낭비한 시간을 꼼꼼하게 재고 있는 정직한 조수

작가라면 누구나 독창적인 작품을 쓰고 싶어 한다. 독창적인 관점을 키우고 싶다면 평범한 물건을 나만의 시선으로 짧게 정의해보자. 그리고 그 문구를 이용하여 자유시를 써보자.

잘 쓴 자유시에는 그 시만의 독창성이 있다. 의외의 여백을 둔다거나, 은유를 사용하거나, 문장을 의도적으로 중간에 자르는 기법을 쓰면 독자에게 어떤 주제나 발상에 대해 명확하게 설명하기 보다는 넌지시 보여주는 효과를 만들 수 있다. 멜라니 브랜튼의 시 〈수호자〉를 살펴보자. 작가는 시 중간중간에 줄을 바꾸는 기법을 활용하였는데, '손가락'과 '찾아 헤맨다', 두 단어 사이에 줄을 바꾸어 실제로 손가락으로 탐색하는 듯한 효과를 주었다.

수호자

나는 내가 사랑하는 자들의 이름을
나에게 잠깐이라도 친절했던 사람들의 이름을
암호로 쓰고, 부적처럼 만진다.
하루에도 몇 번씩, 내 손가락은

찾아 헤맨다. 그들의 부드러운 입맞춤을.
나만의 보물 상자, 어휘집을 여는 열쇠 안에서
그들은 보초를 서며, 악한 것들을 물리친다.
내가 타자를 치면 그들은 메가바이트의 마법으로
작은 별로 변한다.

나는 별들에게 소원을 빈다.

'친구'와 '나무'를 나만의 시선으로 정의해보자.
그리고 다음 페이지에 내가 쓴 문구를 이용하여 자유시를 써보자.

친구

나무

나만의 시선으로

자유시를 써보자.

Chapter 7

내가 아는 것과
그 너머의 세계

작가들은 '자신이 잘 아는 것에 대해서 글을 쓰라'는 조언을 끊임없이 듣는다. '자신이 잘 아는 것'에 대해 이전에 언급했듯이, 작가는 지금까지 쌓아온 자신만의 지식과 경험, 시선을 바탕으로 주변 세상을 묘사한다. 작가가 잘 알고 있는 장소나 능숙하게 하는 일에 대해 쓴 글은 몇 년 동안 자료를 조사하고 쓴 글만큼이나 가치가 있다.

　하지만 작가는 '자신이 아는 것'에 대해서만 글을 쓸 수는 없다. 우리는 다양한 필요에 의해 일을 한다. 돈을 벌기 위해 일을 하고, 집을 깨끗하게 유지하기 위해 청소를 한다. 그런 일에는 소질이 있더라도 큰 관심을 두지 않을 때가 많다.

글쓰기에 진짜 열정을 불어넣기 위해서는 '내가 열광하는 것에 대한 글쓰기'를 해야 한다. 누구나 경험해보진 않았지만 매력을 느끼는 것이 있기 마련이다. 특정 주제라던가, 왠지 끌리는 성격이라던가, 한 번도 가보지 않은 먼 나라처럼 말이다.

이번 장에서는 자신이 가진 지식을 바탕으로 소설 속 인물을 구상하여 글을 사실적으로 쓰는 훈련을 해볼 것이다. 그리고 자신의 관심사에 대해 탐색해 본 뒤 소설을 만들 때 이 관심사를 어떻게 등장시키면 좋을지 생각해보자. 자료 조사의 이점에 대해서도 알아보고, 소설 속 인물에 호흡을 불어넣고 이야기를 탄탄하게 만들어나가기 위해 자료 조사가 얼마나 중요한지 알아보자.

점심 식사를 하고 돌아오니
얼굴이 상기된 것 같았지만,
아무도 알아차리지 못한
듯했다. 나는 창구로 돌아가
의자에 걸터앉아 블라인드를
열었다. 마틴 씨가 아들에게
받은 수표를 언제나처럼
입금하러 왔다. 나는 입금표에
도장을 찍었다. 파란 잉크로
오늘 날짜가 선명하게 찍혔다.
2019년 9월 12일. 잉크는
선명하고 진했다. 집 찬장 안에
숨겨져 있는 임신 테스트기의
파란 줄처럼.
　"무슨 문제라도 있나요?"
마틴 씨가 걱정스럽게 물었다.
　"아뇨, 그냥 ……. 날짜를
확인하고 있었어요."

내가 아는 것

좋은 글의 원천이 되는 경험과 글쓰기 기술은 외
국에 산다거나 특별한 직업을 가졌다고 만들어지
는 것이 아니다. 스릴이 넘치고 몰입도가 높은 소
설일수록 평범한 곳을 배경으로 흔한 직업을 가진
보통 사람이 등장한다는 것을 기억하자.

　평범한 일을 하고 있는 사람에게 갑작스러운 상
황이 닥치면 이야기에 긴장감이 더해진다. 여느
때와 같이 일을 하고 있는데 꿈에서나 그리던 남
자를 만났다던가, 사랑하는 사람이 죽어가고 있
다는 소식을 들은 뒤 케이크를 구워야 한다거나,
세차를 하고 있는데 지진이 일어났다거나 하는 상
황처럼 말이다.

자신이 능숙하게 하는 일의 목록을 만들어보자.
지루해 보이는 일이더라도 상관없다.
예시를 참고하여 아이디어를 내보자.

평범한 일과의 예

* 은행 고객에게 현금 지급하기
* 하수구 청소하기
* 상추 기르기
* 유행가 가사 한 글자도
  놓치지 않고 부르기
* 운전하기
* 라자냐 만들기

앞 페이지의 목록을 확인하자. 그리고 소설 속 인물이 이 일 중 한 가지를 하고 있다고 상상해보자. 그런데 갑자기 머릿속에 무언가가 떠올라 화가 났다거나 기쁨, 연민, 분노, 질투심, 또는 글을 통해 탐색해보고 싶은 어떠한 감정이 생겨났다고 가정해보자. 인물이 무엇을 하고 있는지, 그리고 어떤 감정을 느끼고 있는지 짧게 묘사해보자.

저 너머 있는 것

내가 좋아하고 끌리는, 내 마음을 사로잡는 것들은 안타깝게도 돈벌이 수단과는 동떨어져 있는 경우가 많다. 내 일과 소속 집단, 그리고 평소 익숙한 활동 너머에 나를 끌어당기고, 글쓰기 소재로 적합한 관심사가 있을 수도 있다. 내가 잘하지만 대수롭지 않게 생각하던 것이 있는가? 예를 들어 아이들과 관계를 잘 맺는가? 역사에 대해서 잘 알거나, 영성에 이끌린다거나, 패션에 관심이 많은가? 시간 여유가 있을 때마다 승마를 하는가?

자신이 뉴스 기사나 대화, 그리고 주변의 풍경에 어떻게 반응하는지 호기심을 갖고 관찰해보자. 비판하는 마음을 내려놓고, 부드럽고 주의 깊게 바라보자. 이 과정에서 나에 대해 새롭게 알게 되는 사실과 관심사는 늘 인식하고는 있었지만 가치 있다고 생각하지 않았거나, 글쓰기 소재로 고려하지 않았던 것일 수 있다. 판단하는 마음도 다른 생각도 모두 내려놓고, 자신을 관찰하며 알아차린 열정과 관심사를 다음 페이지에 적어보자.

당신이 끌릴 만한 것

* 건강과 의학
* 비행기
* 노인의 삶
* 향수
* 군대 이야기
* 야구
* 집안 꾸미기

앞 페이지에 적은 관심사 중에 하나를 골라보자. 편안한 자세를 하고
머릿속으로 몇 분간 그것을 떠올려보자. 그리고 주제에 대해 자유로이 글을
써보자. 그 일을 왜 사랑하는가? 그것은 어떤 식으로 날 매료시켰는가? 누군가
나에게 그것에 대해 물어보면 어떻게 설명할 것인가? 이 질문들에 반드시
대답할 필요는 없다. 주제에 대해 떠오르는 생각을 있는 그대로 써보자.

이야기 속 한 장면

내 일상 '너머'의 관심사는 소설 속 배경으로 삼기에 이상적인 소재이다. 예를 들어 만약 당신이 차에 특별히 관심이 많다면 자동차 경주로나 자동차 생산 라인, 최초의 자동차 운전자 등에 대해 설명할 수 있을 것이다. 여기서 상상력을 마음껏 발휘해보자. 어떤 분야에 대한 열정은 직접 경험을 한 것과 맞먹는 가치를 가진다. 어떤 장면을 상상하든 간에 마음을 그곳으로 이동시키자. 상상 속에서 발밑의 땅을 느껴보고, 냄새를 맡아보고, 주위를 둘러보자. 이제 그곳에 인물을 등장시켜서 인물이 어떻게 행동하는지 지켜보자. 이곳은 그에게 익숙한 곳인가? 아니면 전혀 새로운 곳인가? 인물의 눈과 마음으로 세상을 바라보자.

나만의 관심사: 향수

작은 오두막집 안의 장면이다. 나무 탁자에 마른 꽃과 허브, 송진, 그리고 오일이 들어 있는 자그마한 사기그릇이 놓여 있다. 한 여자가 촛불을 켜놓은 채 작업을 하고 있다. 불 위 냄비에서는 무언가가 끓고 있다. 여자는 새로 만든 용액을 식히고 향을 맡고 있다.

나만의 관심사를 소재로 하여 짧은 이야기를 써보자. 등장인물 한두 명이 내 관심사와 관련된 일을 하고 있다고 설정해보자.

내 관심사가 등장하는 장면 설정해보기

호기심 갖기

이야기로 만들고 싶은 발상이 떠오를 때, 우리는 보통 어떤 장면과 더불어 그곳에 있는 인물을 상상해 보곤 한다. 앞 페이지에서 써봤듯이 장면을 설정하는 것은 아주 간단한 일이다. 이 단계에서 호기심이 발동해야 한다. 우선 다양한 질문을 던져보자. 질문 중에는 인터넷이나 책을 통해 찾아보거나 관련 경험을 쌓은 사람들과 대화를 해보는 등 자료 조사를 해야 답을 찾을 수 있는 것도 있다. 하지만 이 이야기의 작가, 오로지 당신만이 대답할 수 있는 질문도 있다.

자료 조사를 할 때는 검색한 정보가 인물을 설정하고 이야기를 구상하기 위해서만 쓰인다는 점을 꼭 기억하자. 예를 들어 20세기 초의 자동차에 대해 조사를 했다고 해서 이야기 속에 그 시기 차의 디자인, 소재, 엔진 등에 대해 세세히 언급할 필요는 없다. 그 대신 자신의 이야기 속 등장인물이 무엇을 보고 경험할지 상상해보자.

지금부터 이전 페이지에서 구상한 장면에 대한 질문들에 대답해보자. 상상력을 동원하여 대답할 수 있는 질문도 있고, 자료 조사를 해야만 대답할 수 있는 질문도 있을 것이다.

언제, 어디서 일어나는 일인가?

등장인물의 이름은 무엇이고, 왜 이곳에 와 있는가?

인물을 구상하려면 내 관심사에 대해
무엇을 더 알고 있어야 하는가?

질문에 대한 답을 찾기 위해 무엇을 할 것인가?

이야기 속 인물은 지금 어떤 생각을 하고 있는가?

이 장면 바로 다음에는 어떤 일이 일어나는가?

Chapter 8

소설, 완전히 다른 세계 속으로

이제 자신의 경험, 또는 '내가 잘 알고 좋아하는 것'을 소설로 확장시키는 훈련은 많이 해봤으니, 소설의 개념과 의미를 자세히 알아보자.

소설은 무엇일까? '가상의 이야기'부터 '거짓말'까지, 다양한 의견이 있다. 하지만 소설을 한 가지 뜻으로 정의 내리기는 어렵다. 우화도 소설이고, 알레고리(어떤 추상적 관념을 드러내기 위하여 구체적인 사물에 비유하여 표현하는 방법-옮긴이)도 소설이다. 역사 속 인물이 겪은 실제 사건을 주제로 하는 이야기도 소설로 분류된다. 소설을 읽다 보면 자신도 모르게 이야기 속 인물에게 강한 연대감을 느낄 때가 많다. 그리고 철학적, 도덕적, 종교적 진리는 다른 장르보다도 소설 속에 심어져 있을 때 마음에 와닿는다.

소설의 정의를 몰라도 소설을 즐겨 읽을 수 있듯이, 작가가 소설을 쓰는 데 특별한 이유가 필요하지는 않다. 소설은 우리가 꿈꾸는 가상의 세계를 눈 앞에 펼쳐준다. 그것은 우리가 살아가는 세상과 매우 비슷한 모습일 수도 있고, 완전히 다른 환상의 세계일 수도 있다. 잘 쓰인 소설을 읽을 때, 독자는 마치 누군가와 손을 잡고 이야기 속을 걷는 듯한 경험을 한다. 그리고 일상생활에서 보고 듣는 것처럼, 이야기 속 장면을 생생하게 보고 들을 수 있다.

작가에게 이야기의 배경을 만들어내는 것은 꽤나 흥미로운 작업이다. 드넓은 풍경, 자그마한 방, 바다, 또는 숲이 있고 비밀을 간직한 인물들이 그곳을 살아간다.

이제 환상의 세계로 들어가보자.

배경 설정

높은 산맥 위, 매섭게 불어대는 칼바람은 천년 동안 얼음을 제멋대로 깎아놓았다. 살아 있는 존재는 절대 살아갈 수 없을 것만 같은 무시무시한 풍경이지만, 꼭대기 근처에 작은 집이 보인다. 굽은 돌 위에 눈이 흩뿌려져 있는 그곳은 누군가의 피신처일까. 생존을 위한 장소일까.

소설 만들기의 재미

신중하게 조사한 정보를 활용해야 한다는 생각, 과학이나 논리에 어긋나지는 않는지에 대한 우려, 다른 사람들에게 감명을 주거나 기대에 부응해야 한다는 걱정. 소설을 재미있게 쓰기 위해서는 이 모든 것을 내려놓아야 한다. 물론 일리가 있는 말들이지만, 소설이라는 세계에 풍덩 빠져 재미를 느끼고 싶다면 그런 생각을 고집하지 않는 편이 좋다. 생각 내려놓기를 하고 싶다면 먼저 '분석하고 계산하는' 마음을 버리자. 그리고 내 안의 상상력과 창의성을 마음껏 발휘해보자. 쉬워 보이지만 직접 해보면 생각보다 어려운 작업이기 때문에 글쓰기 전에 아래 훈련을 하며 몇 분간 마음의 준비를 해보자.

1 등을 곧게 펴고 최대한 편안한 자세로 앉아보자. 의자에 놓인 자신의 몸을 느껴보자. 눈을 감는 것이 도움이 될 수 있다.

2 내 호흡에 집중해보자. 그리고 상상을 위한 감각을 유지한 채 내가 갖고 있는 걱정거리에서 의식을 멀어지게 하자.

소설의 배경을 어디로 할지 생각해보자. 어디서 시작할까? 숲속 빈터, 바닷가, 우리와는 다른 태양계를 돌고 있는 머나먼 행성, 땅속 동굴, 교실, 어디든 배경이 될 수 있다. 어디를 상상하든 간에 그곳에 있는 나를 그려보고 그곳의 분위기나 온도는 어떤지 느껴보자. 또 그곳에서 어떤 것이 움직이는지 듣고, 느껴보자.

내 소설의 배경 한 문단 쓰기

3 숨을 들이쉬고 내쉬는 흐름을 타며 순수한 창조의 영역으로 들어가보자. 이 과정에 의미가 있다고 진심으로 믿어보자.

4 몇 분이 지나면 펜을 집어서 위 여백을 잠시 들여다보자. 그리고 위쪽 단서들을 참고하여 소설의 배경을 만들어보자.

이제 내가 만든 배경에 인물을 등장시킬
차례이다. 그곳에 원래 있던 사람일 수도 있지만,
지금 막 도착한 사람일 수도 있다. 잠시 머릿속을
비우고 의식을 인물에게 집중해보자. 그리고
인물이 등장하는 장면을 써보자. 인물은 배경에
대해 어떤 반응이라도 보일 것이다. 그는 지금
무슨 생각을 하고 있는가? 어떻게 행동하고
있는가? 다음에는 어떤 일이 일어날까?

펜으로 그려지는 등장인물

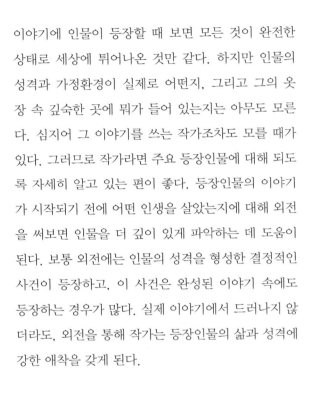

이야기에 인물이 등장할 때 보면 모든 것이 완전한 상태로 세상에 튀어나온 것만 같다. 하지만 인물의 성격과 가정환경이 실제로 어떤지, 그리고 그의 옷장 속 깊숙한 곳에 뭐가 들어 있는지는 아무도 모른다. 심지어 그 이야기를 쓰는 작가조차도 모를 때가 있다. 그러므로 작가라면 주요 등장인물에 대해 되도록 자세히 알고 있는 편이 좋다. 등장인물의 이야기가 시작되기 전에 어떤 인생을 살았는지에 대해 외전을 써보면 인물을 더 깊이 있게 파악하는 데 도움이 된다. 보통 외전에는 인물의 성격을 형성한 결정적인 사건이 등장하고, 이 사건은 완성된 이야기 속에도 등장하는 경우가 많다. 실제 이야기에서 드러나지 않더라도, 외전을 통해 작가는 등장인물의 삶과 성격에 강한 애착을 갖게 된다.

소설 속 새로운 인물을 만들어보자. 앞 페이지의 배경에 등장했던 인물을 다시 불러와도 좋다. 이름을 붙여주고, 짧은 뒷이야기를 만들어보자. 이어지는 페이지의 주제에 따라 진행해보자.

등장인물의 이름

그 인물이 살고 있는 시대

나이와 가정환경

갖고 있는 신념과 관심사

인물이 어떤 소망을 이루지 못해
아쉬워하는지, 또는
어떤 야망을 품고 있는지

직업

과거에 겪은 중요한 사건

그의 걱정거리, 문제, 또는 신경 쓰고 있는 것

그 사건

우리는 살아가며 어떤 일을 겪을 때 깜짝 놀라는 가? 이야기에 몰입하게 하는 요소에는 어떤 것이 있는가? 독자의 시선을 사로잡는 사건은 실제 삶에서 우리를 멈칫하게 하는 사건과 별반 다르지 않다. 누군가가 어떤 트라우마를 겪고, 성과를 이루고, 병에 걸리고, 행운 또는 비극을 겪는지에 따라, 또 그 사건을 우리가 어떻게 인식하느냐에 따라 그 사람에 대한 인상이 결정된다. 보통의 사람들은 미스터리에 끌리고, 폭력을 보면 놀라고, 로맨스를 보면 마음이 따뜻해진다.

  작가는 등장인물의 본격적인 이야기가 시작되기 전에 일어난 사건을 소개하며 등장인물의 삶속 단면을 보여주기도 한다. 인물은 사건을 겪으며 본인만의 성격을 형성하고, 그 사건은 이야기 속에서 계속 언급되며 등장인물이 무언가를 결정하고 행동할 때 지속적으로 영향을 미친다.

인물의 성격에 영향을 미친 사건의 예

티나는 어릴 때 겪은 사고로 손 하나를 잃었다. 장애가 있지만 어른이 될 때까지 잘 대처해왔다. 운전도 할 수 있고, 좋은 직업을 가지고 있으며 돈도 잘 번다. 사람들은 티나를 처음 만나면 손 하나가 없다는 사실을 깨닫고 살짝 놀라지만, 티나는 그런 것에 이미 익숙해졌다. 언젠가는 누군가에게 그 사건이 어떻게 일어났는지 설명해줄 생각이다.

잠시 여유를 가지고 소설 속 인물을 떠올려보자. 그리고 소설 속 이야기가 전개되기 전에 일어난 사건 하나를 떠올려보자. 무슨 사건이었는지, 그리고 그 사건이 등장인물의 삶에 어떤 영향을 끼쳤는지 적어보자.

인물의 행동을 통해 성격 드러내기

위니 이모가 도착하기까지 한 시간이 남았다. 제이다는 빈 방을 바라보며 겁에 질린 표정을 지었다.

한 시간 뒤, 초인종이 울렸다. 제이다는 침대 밑으로 한 짝밖에 없는 양말을 차버리고, 티셔츠로 작은 시계 위의 먼지를 털었다. 그래도 꽃병에는 꽃이 꽂혀 있었고, 꽃에 물을 주는 것도 잊지 않았다. 다림질은 미처 못했지만 침대 위에는 깨끗한 리넨 천이 깔려 있었고, 지저분한 것들은 모두 한데 모아 옷장 안에 넣어두었다. 제이다는 현관으로 서둘러 가 얼굴에 환한 미소를 띤 채 말했다.

"이모! 어서 오세요!"

그는 이 상황에서 어떻게 행동할까?

실제 사람과 똑같이 소설 속 인물들도 소심하거나, 깔끔하거나, 인기가 많거나, 변덕스럽거나, 익살스럽거나, 친절하거나, 우리가 선택하는 수백 개의 개성 가운데 한 가지를 타고난다. 소설 속 인물이 하루를 어떻게 보내는지, 평범한 일을 어떻게 처리하는지, 인물의 성격이 드러나도록 묘사해 보면 좋은 글쓰기 연습이 될 것이다. 예를 들어 소설 속 인물이 아침 식사를 차리거나, 운전을 하거나, 휴가를 가기 위해 짐을 챙기는 장면을 그려보자. 이때 작가의 규칙 가운데 하나인 '설명하지 않고 보여주기' 기법을 사용하여 그 사람의 기질이 드러나도록 행동을 묘사해보자. 그리고 더 나아가 응급 상황이나 위기가 닥쳤을 때 인물이 어떻게 행동하는지 묘사해보자.

소설 속 인물이 어떤 성격을 가졌으면 좋겠는지 목록을 만들어보자. 먼저 인물이 평소에 일할 때 어떤 기질이 드러나는지 적어보자. 그 다음에는 인물에게 응급 상황이나 위기가 찾아왔을 때 어떻게 반응하는지 적어보자. 예상치 못한 기질이 튀어나올 수도 있고, 인물의 평소 성격과 연장선에 있을 수도 있다.

일상 및 위기 상황에서
드러나는 소설 속 인물의
성격 나열하기

이제 인물의 성격이 드러나도록 문단 두 개를 써보자. 첫 번째 문단에서는 평상시에 일하는 모습을 묘사하고, 두 번째 문단에서는 응급 상황이 닥쳤을 때 어떻게 대처하는지 묘사해보자.

인물이 평소 보이는 모습

인물에게 위기가 닥쳤을 때의 모습

Chapter 9

이야기의 서술자

당신은 어떤 시점으로 쓴 소설을 가장 선호하는가? 등장인물이 당신과 얼굴을 맞대고 흥미로운 이야기를 직접 풀어놓는 듯한 1인칭 시점을 선호하는가? 또는 현장감은 떨어지지만 서술자가 많은 정보를 알려주고 다양한 시각에서 사건을 바라볼 수 있는 3인칭 시점을 선호하는가? 긴박하게 진행되는 현재 진행형 이야기를 선호하는가, 또는 난롯가에서 듣는 것 같은 옛날이야기를 선호하는가?

독자는 보통 자신의 행동과 감정에 대해 직접 이야기하는 1인칭 서술자에게 공감한다. 하지만 1인칭 시점으로 이야기를 진행할 때는 특정 인물의 시각에서만 사건을 묘사한다. 서술자가 알지 못하는 장면이나 인물, 감정 등에 대해 묘사하고 싶을 때는 1인칭 시점이 걸림돌이 될 수 있다.

3인칭 시점을 사용하면 이야기 속에서 일어나는 사건은 전부 보고 들을 수 있다. 남극 하늘 위에서 만들어진 먹구름에서부터 다양한 인물의 생각까지 모두 묘사가 가능하다. 3인칭 시점을 취하면 현장감은 떨어지지만 좀 더 유연하게 이야기를 풀어나갈 수 있다. 서술자가 다양한 시각으로 사건을 볼 수 있지만, 사건을 한 인물의 시각에서만 드러낼 수도 있기 때문이다.

작가는 소설을 쓸 때 등장인물을 고르듯이 서술자도 고를 수 있다. 서술자가 어떤 어조로 말하는지, 어떤 의견을 가지고 있는지, 그리고 앞으로 펼쳐질 이야기에 대해 얼마나 알고 있는지는 우리가 선택하기 나름이다.

한 작가가 모든 글을 같은 시점으로 쓸 필요는 없다. 이야기의 전개 방식에 따라 소설의 시점도 바꿀 수 있다. 보통 등장인물을 살펴보면 시점을 결정할 수 있다. 주인공이 어떤 인물인지, 그리고 주변 인물이 주인공을 어떻게 도와주고, 동행하고, 방해하고, 조언하고, 영감을 주는지 살펴보자. 시점과 시제를 달리하여 이야기를 써보면 내가 상상하던 세계와 들어맞는 분위기를 만들 수 있다.

세 가지 시점

* 내 주변에는 온통 어른들밖에 없어서 아무것도 보이지 않았다. 아빠와 스티브 삼촌은 나한테 신경도 쓰지 않았다. 둘 다 걱정스러운 얼굴을 하고 있었다. 경기 때문인 것 같았다.

* 에밀리는 주변을 에워싼 어른들 때문에 아무것도 볼 수 없었다. 에밀리의 아빠와 삼촌은 경기 장면에 빠져서 에밀리의 존재를 잠시 잊은 듯했다. 에밀리는 아빠와 삼촌의 얼굴을 올려다보더니 곧 한숨을 내쉬었다.

* 존스 선수가 터치다운을 하자마자 관중은 함성을 질러댔고, 에밀리의 아빠와 삼촌은 아이에게 더 이상 신경을 쓰지 못했다. 경기가 끝나기 1분 전, 걸즈Gulls팀은 상대 팀에 1점 차로 뒤지고 있었다. 조금이라도 이길 가능성을 높이기 위해서는 위험 부담을 안고 투-포인트 컨버전two-point conversion을 시도해야 했다.

이야기의 서술자는 누구인가?

이야기를 1인칭 시점으로 진행할지, 3인칭 시점으로 진행할지 어떻게 결정할 수 있을까? 왼쪽의 예문을 보면 같은 이야기가 세 가지 시점으로 쓰여 있다. 첫 번째 예는 1인칭 시점으로, 아이가 서술자가 되어 아주 제한적으로만 장면을 묘사한다. 두 번째 예는 3인칭 관찰자 시점으로, 동일하게 아이의 시각에서 사건을 바라보지만 서술자가 좀 더 권위 있는 어른의 목소리로 이야기를 진행한다. 마지막 예는 3인칭 전지적 작가 시점으로 쓰여 있어 서술자가 다각도로, 매우 넓게 사건을 보고 있다.

한 장면을 세 가지 시점으로 묘사해보자. 1인칭 시점, 등장인물의 시각으로 보는 3인칭 관찰자 시점, 그리고 모든 것을 보는 3인칭 전지적 작가 시점으로 써보자.

3인칭 관찰자 시점의 장면 묘사

3인칭 전지적 작가 시점의 장면 묘사

세상을 보는 관점 바꿔보기

관점을 바꿈으로서 세상을 변화시킬 수 있을까? 소설 속 세계라면 얼마든지 변화시킬 수 있다. 이야기에 진척이 없을 때 다른 인물의 관점에서 다시 써보면 도움이 될 것이다. 〈빨간 모자〉 이야기를 예로 들어보자.

작은 여자아이가 숲속 할머니 집에 가기 위해 길을 떠난다. 하지만 나쁜 늑대가 할머니를 삼켜버린 뒤, 할머니의 옷을 입고 할머니인 체한다. 아이는 할머니 집에 도착했지만 늑대에게 질문 몇 개를 하다가 잡아 먹히기 직전이다. 그때 나무꾼이 재빨리 들어와서 늑대의 머리를 잘라버린다. 그리고 할머니는 무사히 늑대 뱃속에서 빠져나온다.

이것은 불안과 구원을 주제로 한 매우 유명한 이야기다. 하지만 이 이야기를 늑대나 할머니, 또는 나무꾼의 관점으로 다시 써보면 어떻게 진행될지 상상이 되는가?

자신이 잘 아는 이야기, 또는 자신이 만든 이야기에서 주변 인물을 포함한 모든 등장인물을 떠올려보자.
그리고 자신이 주변 인물 가운데 한 명이 된다고 생각해보자. 그가 주인공의 충실한 배우자, 하인, 또는 부모라 할지라도 주인공과는 우선순위가 다를 수 있다.
주변 인물의 관점으로 장면 하나를 묘사해보자.

현재 진행형, 1인칭 시점

갑자기 바닥이 가파르게 기울어진다. 나는 균형을 잡기 위해 몸부림친다. 발아래에는 바위 대신 자갈이 밟히기 시작한다. 나는 미끄러지며 덤불을 잡아보려 애쓴다. 하지만 점점 아래로 떨어진다.

현재 진행형, 3인칭 시점

그는 똑바로 서기 위해 애를 써보지만, 발아래 가파른 경사길에 자갈이 가득하다는 사실은 모르고 있다. 그리고 바로 절벽 근처에서 미끄러진다.

과거형, 1인칭 시점

나는 기진맥진하여 똑바로 서 있기가 어려웠다. 몸이 기우뚱하더니 곧 발이 미끄러졌다. 나는 점점 아래로 떨어졌다.

과거형, 3인칭 시점

여행자는 마지막 남아 있는 힘까지 거의 다 써버렸다. 앞으로 갈 길은 위험천만했지만, 그는 지칠 대로 지친 몸을 끌고 멍하니 길을 따라갔다. 자갈을 밟고 넘어진 그는 절벽 아래로 떨어졌다.

그때 그리고 지금

이야기를 쓸 때 현재 진행형으로 쓰는 게 좋을까? 과거형으로 쓰는 게 좋을까? 현재 진행형 글에서는 속도감이 느껴진다. 독자는 소설 속 장면을 가까이에서 보고 있는 느낌이 들며, 다음에 무슨 일이 일어날지 전혀 알지 못한다. 과거형 글은 좀 더 권위가 있고 사색하는 듯한 분위기를 풍기지만, 몰입도 높은 소설 중에서도 과거형으로 쓰인 소설이 꽤 있다.

내 글에 맞는 어조를 찾기 위해 다양한 시제와 시점으로 글을 써보자.

자신이 쓴 글에서 문장 몇 개를 발췌해보자. 그 글에서 사용한 시제와 다른 시점으로 글을 다시 써보자. 자신이 쓴 장면의 단어를 하나하나 고치기보다는, 다른 형식의 글을 쓸 때 완전히 다른 이야기꾼이 되어 이야기를 한다고 생각해보자.

서술자의 어조

당신의 이야기 속 등장인물은 어떤 말투를 사용하는가? 등장인물이 다른 사람에게 어떤 반응을 보이는지, 어떤 것에 심취해 있는지, 또 어떤 견해를 갖고 있는지를 보면 그의 성격을 알 수 있고, 그 성격은 말투에도 영향을 끼친다.

등장인물의 말투와 마찬가지로, 서술자의 어조도 중요하다. 작가는 자신이 쓰고 있는 글과 어울리는 어조로 이야기를 진행한다. 자신의 내면의 목소리로 이야기를 진행하는 경우는 거의 없고, 지금까지 배운 다양한 어조 가운데 하나를 선택하면 된다. 글의 어조는 독자에게 큰 영향을 미치기도 한다. 언론에서 그 영향이 가장 크게 나타나지만, 잘 짜인 이야기 속에서도 영향력을 가질 수 있다.

**같은 이야기,
다른 서술자의 예**

* 블루 크릭 마을의 예의
  바른 주민들도 결국에는 존
  쿠퍼의 술버릇과 무뚝뚝함에
  진저리를 쳤다. 어느 날 밤
  마을 사람들은 그를 손봐주고
  정신을 차릴 때까지 도랑 안에
  내버려두었다.

* 농부였던 존 쿠퍼는 2013년에
  일어난 토네이도로 모든
  것을 잃어버렸다. 그는 크게
  낙심하고 술주정뱅이가
  되어버렸다.
  어느 날 밤, 한때 존경받던
  이 남자는 깡패들에게 두드려
  맞고 내버려진 뒤, 체온 저하로
  죽을 뻔했다.

한 가족이 외딴 마을에 도착했다. 그들은 한 모텔 차고에서 묵기로 결정하고 돈을 지불한다. 여자는 그곳에서 아기를 낳는다. 다음 페이지에 이 장면을 각기 다른 세 명의 목소리로 묘사해보자. 아기 엄마, 낯선 자들이 묵는 것이 못마땅한 이웃, 그리고 집세를 더 받게 되어 흡족한 모텔 관리인의 입장에서 글을 써보자.

아기 엄마의 이야기

외지인이 달갑지 않은 이웃의 이야기

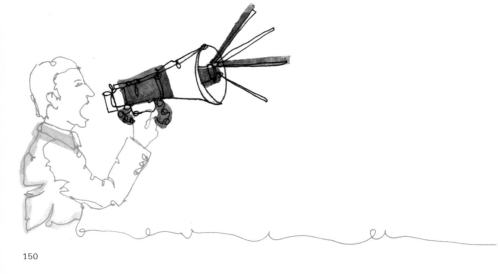

Chapter 10

멀리 내다보기

글쓰기를 삶의 일부로 받아들이면 자신을 자꾸 궁금하게 하고 끌어당기는 이 창의적이고도 보람찬 활동이 끝없이 이어지리라는 사실을 깨닫게 된다. 작가는 한 편의 글을 완성하는 데 몇 년이 걸렸어도, 작업을 마치자마자 바로 다음 이야기를 구상하고 있는 자신을 발견한다.

이 책을 통해 우리는 내면의 목소리를 탐색하고, 뿌리를 찾아보고, 글쓰기에 전념해보았다. 시로 다양한 시도를 하고, 내가 가진 지식과 기술을 어떻게 활용하면 좋을지 고민해보았고, 소설 속 세계로 여행도 떠나보았다.

이제는 지금까지 무엇을 배웠는지, 그리고 어떤 글을 썼는지 되새겨보고 앞으로 어떤 목적으로 글을 쓰고 싶은지 생각해보자.

이제 본격적으로 글쓰기 계획을 세울 것인가? 인생 이야기를 써보고 싶은 가? 시를 더 쓰고 싶다거나, 여행기를 쓰고 싶다거나, 내가 만들어낸 소설 속 인물, 배경, 모험에 살을 더 붙여나가고 싶은가? 자서전, 또는 당신의 전 문 분야에 대해 글 쓰는 것에 관심이 가는가? 소설이든 논픽션non-fiction이든 간에, 위에 나열한 모든 장르가 하나의 이야기다. 글쓰기를 시작한 뒤 정확 한 길을 따라갈 수 있도록 기초를 탄탄하게 만들어보자.

마지막으로 내 안의 작가를 계속 키워나갈 수 있는 방법을 찾아보자. 자신 이 창의적인 사람이라는 것을 기억하고 어떻게 해야 상상력이 더 풍부해질 지, 또 끊임없이 영감을 받을 수 있는 소재는 무엇일지 생각해보자.

가제: 올리버와 작은 용

판타지 소설로. 한 남자아이가 자신의 침실에서 길 잃은 작은 용을 발견한다. 아이는 사람들이 용을 동물원에 가두기 전에 어서 용의 가족을 찾아주어야 한다.

가제: 인도 오디세이

인도에서 6개월간 장기여행을 한 기록을 모아 만든 여행기로, 인도로 여행 가고 싶은 사람들이 참고하면 좋을 조언과 추천 여행지를 담았다.

가제: 엘리너와 리기

미국의 여성 사회운동가 엘리너 루스벨트의 이야기를 담은 전기 소설로, 상상 속 인물인 충직한 하인의 시점에서 이야기가 진행된다.

가제

대부분의 사람들은 자신이 어떤 글을 쓰고 싶은지 잘 알고 있다. 쓰고 싶은 글이 장편소설, 단편소설, 시, 여행기, 자서전, 또는 그 외의 어떤 글이든 상관없다. 지금 시간을 내어 최근에 떠오른, 또는 오랫동안 묵혀온 발상을 구체화해보자.

자신이 앞으로 쓸 이야기를 단어 몇 개로 설명할 수 있겠는가? 그 시도를 해보는 것만으로도 창의적 활동이 될 수 있다. 앞으로 쓸 이야기의 제목을 이미 정해놓았을 수도 있지만, 그게 아니라면 간단한 가제를 만들어보자. 제목을 만들어보는 것만으로도 막연한 소재가 아닌 실존하는 이야기가 된다.

구상하고 있는 글의 가제를 쓰고,
어떤 글인지 간단하게 설명해보자.

이제 작품에 대해 다음의 질문을 던져보자.
소설이 아니라 논픽션을 쓸 때도 동일하게 진행해보자.

이야기가 다루는 기간 (1년, 1주일, 또는 생애 전부)은
얼마나 길고, 시대적 배경은 언제인가?

이야기의
배경은
어디인가?

주요 인물은
누구이고,
중요한 주변 인물은
누구인가?

이야기에서
중요하게 다루는 갈등,
또는 인물이 이루고자
열망하는 것은 무엇인가?

시대와 계절

이야기의 시대적 배경을 정할 때 바깥 세상에 주의를 기울이면 좀 더 생동감 있는 이야기를 만들 수 있다. 등장인물에게 영향을 주었을 만한 그 시기의 국내외 주요 사건에는 어떤 것이 있는지 살펴보자. 예를 들어 이야기 속 시기에 2001년이 포함되어 있다면 그해에 일어난 9·11 테러에 인물이 어떻게 반응했는지 생각해보면 좋을 것이다.

이야기 속 사건을 구상할 때는 사건이 일어나는 시간대, 날씨와 계절을 어떻게 설정할지 고민해보자. 예를 들어 예상치 못한 눈보라가 치는 날을 배경으로 정하면, 이 눈보라를 계기로 두 인물이 만나게 되었다고 설정할 수 있다. 우리는 살면서 각종 날씨를 경험해보았지만, 극도로 덥거나 추운 날씨를 겪어본 사람은 많지 않을 것이다. 따라서 자신이 겪어보지 못한 날씨를 배경으로 하고 싶다면 따로 조사를 하거나 상상력을 동원해야 한다. 자연 속에서 주기적으로 시간을 보내는 것도 중요하다. 몸이 건강해질 뿐만 아니라 창의성도 키울 수 있다.

극단적인 날씨 속에서 두 인물이 만나는 장면을 연습 삼아 써보자. 그곳에 있으면 어떤 기분이 들지 상상해보고, 몸으로도 직접 느껴보자. 불쾌한 더위, 목을 타고 흘러내리는 비, 너무 추워 감각이 없어진 발 등을 상상해보자.

극단적인 날씨 속에서 두 인물이 만나는 장면
(극도로 덥거나, 춥거나, 폭우가 내리거나 바람이 휘몰아치는 상황)

예문 1

메건은 담배에 불을 붙이고 천천히 들이마셨다. 바닷가에 다시 올 수 있어 좋았다. 아이들 몇 명이 놀고 있었지만, 아이들의 목소리는 머릿속에 들어오지 않았다. 아이들의 웃고 외치는 소리 뒤로 웅웅대는 배 엔진 소리가 규칙적으로 들렸다. 메건은 배를 가만히 지켜보았다. 어딘가 낯이 익었다. 그리고 왜 그런 기분이 들었던 건지 바로 깨달았다.

예문 2

메건은 바닷가에 서서, 담배를 빨며, 긴장을 풀어보려 노력했다. 눈앞의 풍경에 시선이 갔다. 놀고 있는 아이들, 햇살에 반짝이는 파도, 그리고 통통대며 들어오는 배의 모습. 모두 평화롭기 그지없었다. 그런데 배의 엔진 소리가 아이들의 고함 소리 뒤로 명확하게 들려왔다. 거슬리는 소리였다. 메건은 눈을 찡그리며 햇빛을 바라보았다. 입에 물고 있던 담배가 조용히 모래 위에 떨어졌다. 저 배의 모습. 기억이 떠올랐다.

글의 속도 정하기

작가는 사건을 얼마나 빠르게, 또는 느리게 전개하고 싶은지에 따라 이야기의 속도를 정한다. 이야기의 속도를 조절하고 싶다면 특정 장면을 묘사할 때 쓰는 단어 수를 조정하면 된다. 보통 단어가 늘어날수록 이야기의 속도는 느려진다.

어떤 표현을 쓰는지, 그리고 어떤 소리가 나는 단어를 쓰는지에 따라 이야기의 속도가 조절되기도 한다. 왼쪽의 두 예문은 같은 장면을 묘사하였고 단어 수도 비슷하다. 하지만 두 번째 예문은 짧은 표현과 문장으로 이루어져 첫 번째 예문에는 없던 긴장감이 생겨났다. 두 편의 글을 잘 쓴 글, 잘못 쓴 글로 나눌 수는 없다. 작가가 어떤 느낌을 추구하느냐에 따라 문체를 선택하면 된다. 다른 글쓰기 기법과 마찬가지로 글의 속도를 정하는 것도 한 가지 기법만으로 완성되지 않는다. 단어와 구절, 문장을 쓸 때 의미뿐 아니라 형태와 소리도 고려하면 자연스레 그 글만의 속도를 만들어나갈 수 있다. 자신이 잘 쓰고 있는 건지 확신이 들지 않더라도, 나만의 창의적 본능을 믿어보자.

글의 속도를 의식하며 문단 하나를 써보자.

결말 쓰기

결말에는 무언가 특별한 점이 있다. 작가들은 결말을 쓸 때 글쓰기 작업이 끝났음을 자축하며 다음 작업에 대해 생각한다. 하지만 작가들은 일하면서도 늘 결말을 의식하고 있어야 한다. 산문을 쓸 때도 비슷하다. 문장, 문단, 구역이나 장을 강렬하거나 분위기 있는 단어로 마무리하면 글의 효과는 극대화되고, 독자는 어떤 글이 이어질까 기대하게 된다.

왼쪽의 예문은 결말에 따라 글의 의미와 분위기가 얼마나 극적으로 바뀌는지 보여준다. 첫 번째 예문은 기쁘게 끝나지만, 두 번째 예문은 침울하게 끝난다. 다양한 분위기를 풍기는 단어를 사용하여 결말을 쓰는 연습을 해보자.

다른 결말의 예

* 날은 점점 침울해졌지만, 자그마한 에이샤는 기쁨에 가득 차서 인도를 팔짝팔짝 뛰어갔다.

* 자그마한 에이샤는 인도를 팔짝팔짝 뛰어가며 기쁨에 가득 차 있었다. 하지만 날은 점점 침울해지기만 했다.

좋은 느낌이 나는 문장의 결말

결말은 작가에게 방향성을 제시한다는 점에서
도 중요하다. 이야기를 쉽게 쓰기 시작했더라도
앞으로는 어떤 식으로 글을 전개해나가야 할지 막
막할 수 있다. 이런 단계에 접어들었다면 지금 막
이야기를 쓰기 시작했더라도 먼저 이야기의 마지
막 문단을 써보자. 결말을 써두면 이야기에 집중
할 수 있게 되고, 무궁무진한 상상의 세계에서도
다가가야 할 목표가 생긴다. 나중에 결말을 바꾸
게 되더라도 상관없다. 어디로 가는지 알고 있어
야 글쓰기 여정이 수월해진다.

이야기의 마지막 문단을 써보자. 이미 생각해둔 결말이
있을 수도 있고, 아직 생각해보지 않았을 수도 있다.
이 결말이 이야기의 시작으로 이어질지도 모른다.

내 안의 작가 붙들기

글쓰기에 전념하는 시간을 가진 뒤에는 내 안의 작가를 잘 붙들고 보듬어줘야 한다. 아래 항목들은 꾸준하게 챙겨야 하는 '유지 보수 분야' 여섯 가지다.

* 작가로서 늘 꾸준히 글을 써야 한다. 글쓰기 작업 중간에 지나치게 많이 쉬면 불안할 수밖에 없다. 글쓰기를 다시 시작하면 마음이 편해질 것이다.
* 누군가가 내 목소리를 들어줘야 하므로, 날마다 내면의 목소리에 귀를 기울이자.
* 몸을 움직이며 만든 엔도르핀은 글쓰기에 필요한 활력과 용기를 준다. 꾸준히 운동을 하자.
* 나만의 글쓰기 부적을 갖고 있으면 글쓰기에 좋은 영감이 되어줄지도 모른다. 내 안에 작가가 있다는 사실을 되새기게 해주는 작은 물건을 찾아, 주머니나 책상 위에 올려놓자.
* 자신이 자연의 일부임을 기억하고 날마다 자연을 느낄 수 있도록 감각을 열어두자. 공기를 느끼고 하늘을 보는 것만으로도 충분하다.
* 현실을 비판하는 마음 없이 자각할 때, 그리고 창의성이 삶의 본질적인 부분임을 깨달을 때, 누구나 '뒤로 물러나 생각하는' 시간이 필요하다. 날마다 생각하는 시간을 갖자.

다음 페이지를 통해 일상 속에서 창의성을 어떻게 유지하고 보듬으면 좋을지 생각해보자. 각각의 질문에 답변을 써보자.

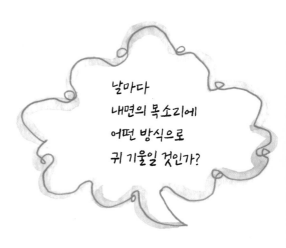

날마다 어떤 운동을 할 것인가?

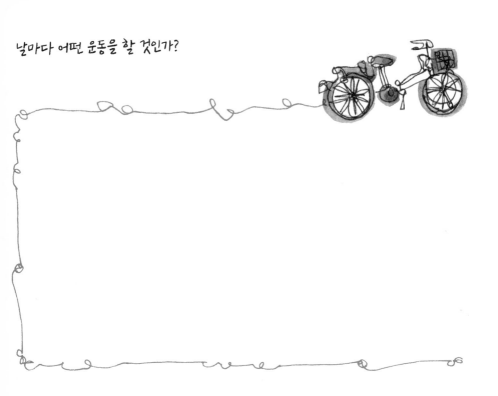

글쓰기 부적으로 쓰기 좋을 만한 물건에는 어떤 것이 있는가?
어디에 보관할까?

주기적으로 자연을 만끽하기 위한 방법이 있을까?

'뒤로 물러나 생각하는' 시간은
하루 중 언제 가지면 좋을까?

마치며

창의성을 발휘해보는 것은 흔히 찾아오지 않는 소중한 기회다. 이 책이 내면의 창의성을 발휘하는 데 도움을 주었기를 바란다. 무언가를 창조해내는 사람들, 특히 작가들은 자신의 작품에 확신을 갖지 못할 때가 많다. 매일 시간을 조금씩 투자해서 내 안에 창의적 목소리가 자리 잡을 만한 공간을 만든다면 확신 없던 마음에 기쁨이 차오를 것이다. 내가 좋아하는 것과 나를 열정으로 가득 차게 하는 주제, 글쓰기에 탄탄한 기초가 되어줄 나만의 기량이 무엇인지 잊지 말자. 그리고 늘 내면의 목소리에 귀를 기울이고, 타인을 이해하려 노력하고, 타인을 이해하는 그 마음으로 자신에게 공감한다면 당신은 날마다 글쓰기를 통해 새로운 모험을 할 수 있을 것이다. 당신은 이 여정의 끝에서 글쓰기 생활의 변함없는 진실을 깨닫게 될 것이다. 바로 모든 결말에는 또 다른 시작이 존재한다는 사실을. 이 사실은 다른 어떠한 활동을 할 때보다 글쓰기를 할 때 두드러지게 드러난다. 앞으로도 글쓰기를 통해 자신에게 찾아올 새로운 이야기, 새로운 인물, 새로운 시, 그리고 새로운 세계를 기대해보자.

감사의 말

이 책을 쓸 기회를 준 리핑 헤어 프레스에 감사의 마음을 전하고 싶다. 특히, 멋진 편집자 조안나 벤틀리와 글을 쓰기 시작하도록 응원해준 모니카 페르도니에게 고마운 마음을 전한다. 내가 필요할 때마다 도와주고 조언을 해준 친구 조시 리즈 에게도 고맙다. 나에게 끊임없이 영감을 주고, 늘 나를 감탄하게 만드는 모든 학생들과 워크숍 참가자들에게도 감사의 인사를 보낸다. 나에게 많은 가르침을 준 지역 불교 그룹과 적극적 고요함과 모험 가득한 독특한 삶의 방식을 소개해준 퀘이커 교도분들에게도 깊은 감사를 전한다. 마지막으로 한결같은 인내 심을 가진 남편 밥 캔워드에게, 늘 지지해줘서 고맙다는 말을 하고 싶다.

자료 제공
96쪽 '엄마의 마음' 5행시 © 이유식 엄마의마음 순천본점
102쪽 수호자 © 멜라니 브랜튼

나를 찾는 하루 10분 글쓰기

1판 1쇄 발행 | 2020년 6월 8일

지은이 | 조이 캔워드   **옮긴이** | 최정희

펴낸이 | 윤상열
기획편집 | 염미희 김다혜
교정교열 | 김남희
디자인 | 김민정
마케팅 | 윤선미
경영관리 | 김미홍
펴낸곳 | 도서출판 그린북
출판등록 | 1995년 1월 4일(제10-1086호)
주소 | 서울시 마포구 방울내로11길 23 두영빌딩 302호
전화 | 02-323-8030~1   **팩스** | 02-323-8797
이메일 | gbook01@naver.com   **블로그** | greenbook.kr

ISBN | 979-11-87499-14-5 03800